K.Nakashima Selection Vol.16

ジャンヌ・ダルク
Jeanne d'Arc

中島かずき
Kazuki Nakashima

論創社

ジャンヌ・ダルク

装幀　鳥井和昌

目次

ジャンヌ・ダルク

監修・原案　佐藤賢一

◉登場人物

ジャンヌ・ダルク

シャルル七世

傭兵ケヴィン
傭兵レイモン

ラ・トレムイユ卿
ヨランド・ダラゴン
マリー・ダンジュー
アランソン公
ラ・イール
サントライユ
クルパン

幻影の少年

ベッドフォード公

コーション司教
タルボット

ドムレミの村人
イギリス軍の兵士・傭兵
フランス軍の兵士・傭兵
フランスの市民
学僧たち

―第一幕― オルレアンの乙女

【第一景】シャルルの宮廷×ドムレミ村

舞台の奥。

ぼんやりと立つ少女の姿が浮かび上がる。一枚の白い布を身体に巻き付けている。それは寝間着のようにも、囚人服のようにも見える。彼女の名は、ジャンヌ・ダルク。

と、一四三一年のフランス国王の宮廷が浮かび上がる。ジャンヌとは場所も時間も違っている。

落ち着かない様子で玉座に座っている男、シャルル七世である。横に立つ王妃マリーとその母、ヨランド・ダラゴン。

そこに血相変えて現れる従者。

従者　陛下、シャルル陛下！　今、ルーアンからケヴィンが戻りました。

シャルル、立ち上がり去ろうとする。

マリー　陛下、どちらへ。

シャルル　どこへ行こうが余の勝手だ。
ヨランド　お待ち下さい、シャルル様。
シャルル　とめるな。
ヨランド　いえ、お待ち下さい。あなたは聞かなければなりません。あの娘の運命を。

と、シャルルを押し留める。

シャルル　今更聞いてどうする。もう、運命には逆らえない。
ヨランド　いえ、聞いて下さい。ケヴィンはそのために戻ってきたのです。彼女の最期を、ジャンヌの最後の言葉をあなたに伝えるために。

シャルルの足が止まる。

シャルル　ジャンヌ……。その名を呼ぶな。ジャンヌ・ダルク！

舞台の奥のジャンヌ、その言葉に反応したかのように、舞台の前に出て来る。

シャルル　よせ、これ以上余にどうしろというのだ。思い出せというのか、彼女の生涯を。罪を認めろと言うのか。彼女を殺《あや》めたのは、このシャルルだと！

シャルルの絶望の叫びが彼らの時間を止める。動きが止まるシャルル達。

ジャンヌ　――その声が聞こえたのは、十三歳の夏だった。いつものように羊の世話を終えて、家に帰る近道、草むらの一本道を歩いている時、不意に声が響いた。「フランスを救え」と。

シャルル達を含めて、これから出会う者達がジャンヌの回りを、ゆっくりと通り過ぎてゆく。タルボット、ラ・イール、アランソン公、コーション司教、ラ・トレムイユ、ベッドフォード公……。

ジャンヌ　ねえ、教えて、あの声は何？　信じていいの？　ねえ！

その人々に問いかけるジャンヌ。だが、人々は彼女の問いには答えず、ただ通り過ぎ消えていく。

ジャンヌ　あれは本当に神の声なの⁉

と、ジャンヌ、一人の少年を見つけてハッとする。ジャンヌにしか見えない、幻影の少年である。

ジャンヌ　あなたは、誰？

その時、突然、喊声と悲鳴。

逃げるドムレミ村の村人。それを襲う兵士達。

少年の姿、かき消える。

ジャンヌと回りの時間が一致する。

一四二八年、ドムレミ村はイングランドの傭兵達に襲われていた。ジャンヌの住んでいる村だ。

駆け寄る兵士をかわすジャンヌ。その勢いに、彼女の身体を覆っていた布が剥がされる。布の下は田舎の娘らしい服装。

村の男達は殺され、女達は乱暴される。

村人1　イングランド軍だ！　逃げろ、殺されるぞ!!

兵士に襲われ悲鳴を上げる一人の村の女。その女の姿を見て叫ぶジャンヌ。

ジャンヌ　イザベル！

イザベルと呼ばれた女が叫ぶ。

村の女　逃げて、ジャンヌ。

その女、傭兵に斬り殺される。

ジャンヌ　イザベル!!

と、他の男も殺され悲鳴を上げる。

ジャンヌ　マルセルおじさん!!

そのジャンヌに気がつく傭兵達。
逃げようとするジャンヌを捕まえる。

ジャンヌ　放して！

傭兵達、下卑た笑い顔で彼女を見る。

ジャンヌ　放せ！　放して!!

傭兵ともみ合っているジャンヌ。

ジャンヌ　お願い、放して！

彼女の叫びむなしく、服を引き裂かれ地面に転がされるジャンヌ。

ジャンヌ　やめてーっ！

再び現れる幻影の少年。
落ちていた剣を指差す少年。

ジャンヌ　これを？　私が？（と、剣を指す）

うなずく少年。

ジャンヌ　なぜ？

卑しく笑いながらジャンヌを取り囲む傭兵達。

ジャンヌ　（ハッとして天を仰ぐ）……そうか。彼らは敵！

剣を手に取るジャンヌ。

傭兵1　倒す気か、俺達を？　おもしれえ、このアマ。倒せるもんなら倒してみやがれ！

と、言った途端、彼に矢が突き刺さる。
傭兵1、倒れる。

傭兵2　くそ！

と、ジャンヌに襲いかかろうとするが、これも矢に倒れる。
そのタイミングに驚く他の傭兵達。

ジャンヌ　見るがいい。誤った道を進む者には、神の裁きが下される。ここは私達が暮らす土地。お前達イングランド軍が好き勝手に出来るものか！

ジャンヌ、剣を天にかざす。

ジャンヌ　出て行け、醜いイングランド軍。ここはフランスだ！

イングランド兵が、ジャンヌを囲む。
と、レイモンが姿を現す。四〇過ぎのベテランの傭兵だ。弓で英兵を射るレイモン。
先の二人も彼の弓矢に倒れたのだ。
続いて傭兵ケヴィンが剣を持って、ジャンヌに駆け寄ると、英兵を倒す。こちらは二〇そこそこの若い兵士だ。
二人の攻撃に押される英国の傭兵達。

傭兵隊長　ええい。退却だ、退却ーっ！

退却するイングランドの傭兵達。

レイモン　大丈夫か、娘さん。
ジャンヌ　ありがとう、おかげで助かりました。あなた方は？
レイモン　フランスの援軍だ。俺はレイモン。
ケヴィン　ケヴィン。

ジャンヌ　私はジャンヌです。
レイモン　しかし、無茶するな。女一人で、イングランドの傭兵達に立ち向かうなんて。あやうく殺されるところだったぞ。
ジャック　いえ、私はまだ死にません。
レイモン　え？
ジャンヌ　〝声〟に従う限り、私はまだ死なない。
レイモン　〝声〟？
ジャンヌ　ええ。ずっと私に語りかけていた〝声〟。
ケヴィン　なんだ、そりゃ……。
ジャンヌ　その〝声〟が守ってくれる限り、私は死なない。
レイモン　……神の声ってことか。
ジャンヌ　（嬉しそうに）はい。
レイモン　その〝声〟はなんて言ってた？
ジャンヌ　「フランスを救え。フランス国王を救え」と。
レイモン　国王を？
ジャンヌ　今はまず、あの方に国王になっていただかなければ。そうしなければ、私は国王もこの国も救えない。
レイモン　あの方とは？
ジャンヌ　王太子シャルル様。他に誰がいますか。

その言葉にケヴィンとレイモンは何か感じたよう。

ジャンヌ　（二人に）お願いします。私をシャルル様のところに連れて行って下さい。
ケヴィン　（小声で）……おやっさん。
レイモン　ああ……。（ケヴィンにうなずくと、ジャンヌに）よし、わかった。俺達も手伝う。
ジャンヌ　え。
レイモン　俺達もあんたの言葉に、胸打たれたんだよ。
ケヴィン　一緒に戦おう。
ジャンヌ　ありがとう、ケヴィン。ありがとう、レイモン。

二人を見つめるジャンヌ。
と、それまで戦いを邪魔にならないように見ていた少年が、地面に落ちていた布を指差す。
それはジャンヌの身体に巻かれていた布だ。
ジャンヌ、布を拾い上げ、槍に括り付けると掲げる。

ジャンヌ　行きましょう。神はこの御旗と共にあります。

うなずくレイモンとケヴィン。

少年、満足そうにジャンヌを見ている。

と、旗を持つジャンヌの元に続々と人が集まっていく。

それはジャンヌの言葉に胸打たれ、フランスの解放を願う人々の群れである。

――暗転――

【第二景】シノン城×ヴォークルール城

一四二九年二月。シノン城。
シャルル七世とその一党が滞在している。
王の間にいるのは、シャルル七世、その妻マリー。そして、実質的な宰相とも言える筆頭侍従官ジョルジュ・ドゥ・ラ・トレムイユと、その部下のクルパン侍従官である。
読んでいた手紙を放り捨てるシャルル。

シャルル　くだらん。
マリー　どうされました、陛下。

その手紙を拾い上げるトレムイユ。

シャルル　また、その女だ。ジャンヌ・ダルク。余に会いたいと何度も手紙を出してくる。いったい、どうしたらいい。ジョルジュ。
トレムイユ　……ああ、噂には聞いております。神の啓示を受け、シャルル陛下をフランスの王としてこの戦争を勝利に導くとうそぶいている輩ですな。もとは、ドムレミ村の羊飼いの女。気にすることはありますまい。クルパン、これは捨てておけ。

と、手紙をクルパンに渡すトレムイユ。
そこに現れるヨランド・ダラゴン。

ヨランド　お待ちなさい、ラ・トレムイユ卿。
マリー　お母様。
トレムイユ　これはこれは、ヨランド・ダラゴン様。なぜ、お止めになる。
ヨランド　見せていただける？（とジャンヌの手紙をクルパンから受け取る）……この手紙がお気に召さない。なぜですか、陛下？
シャルル　なぜも何も一切合切だ。余はフランスの王シャルル七世だぞ。それがなぜ、たかが羊飼いの小娘に、指図されなければならない。
ヨランド　羊飼いの小娘？
シャルル　違うのか？
ヨランド　ただの羊飼いの小娘が出した手紙ならば、陛下のお手元にまで、届くはずはない。この手紙は、ロベール・ドゥ・ヴォードリクールからこの城に届けられたもの。ヴォードリクールは、ヴォークルール要塞の城代として信用のあるお方。そのお方が、このジャンヌという娘を後押ししているということを忘れてはいけない。

シャルル　ヴォード……？　ヴォーク……？
マリー　ヴォークルールが町の名前、ヴォードリクールが人の名前です。
シャルル　ややこしい。
ヨランド　そのややこしいお方だけではない。ヴォークルールの市民達も、ジャンヌのことを熱狂的に支持しているとか。ただの羊飼いの娘に、そんなことはできません。
トレムイユ　さすがはヨランド様。下々のことまでよくお耳に入れている。
ヨランド　望まなくても入ってきます。こちらが耳を塞がない限りは。もしくは、誰かに耳を塞がれなければ。ねえ、ラ・トレムイユ卿。
シャルル　ジョルジュが、余の耳を塞いでいるというのか。
トレムイユ　世間とはかまびすしいもの。その中から必要なものだけを取り出して、王の耳に入れるのも臣下の務めかと。
シャルル　確かに。
ヨランド　で、あるならば、ラ・トレムイユ卿も、陛下にとって必要な言葉が何かおわかりでしょう。「シャルル様に戴冠式を！」ジャンヌという娘は、そう言っています。
シャルル　戴冠式。
ヨランド　（トレムイユに）この意味がおわかりですよね。フランスの国王は、ランスの町で戴冠式を行って初めて正式な国王と認められる。
トレムイユ　シャルル陛下が、それを行えば、いかにイングランドが横槍を入れようとも、陛下の王座は揺るがぬものとなるということですな。

ヨランド　さすがは筆頭侍従官殿。よくおわかりになっている。シャルル陛下の戴冠式を望む声に耳を塞ぐような愚かな真似を、あなたがするはずはないですよね。
トレムイユ　……もちろん。その声が、聞くに値する者から発せられたのであるならば。
マリー　ジャンヌは、神のお告げを受けたと言っております。
トレムイユ　神のお告げ、ね。お前はどう思う。クルパン。
クルパン　は。神のお告げは教会を通じて知らしめるもの。たかが田舎の小娘に、本当の神の声が聞こえるものか、はなはだ疑わしいかと。
トレムイユ　その小娘、悪魔の使いかもしれませぬぞ。女には気をつけた方がいい。もともと、今のシャルル陛下の苦境も、ひとりの女が作ったもの。
シャルル　女？
トレムイユ　そう。憎むべき我らの宿敵。イザボー・ド・バヴィエール。
マリー　ラ・トレムイユ卿、そのお名前は。
シャルル　気にするな、マリー。確かに、イザボーは余の実の母親。だが、奴は敵に寝返った。憎いイングランドに。今の余には、お前の母君であるヨランドこそ、母代わりだ。
ヨランド　もったいないお言葉。恐れ入ります。
シャルル　ジョルジュ。話があるなら続けろ。余はかまわん。
トレムイユ　いや、しかし。
シャルル　（苛立《いらだ》ち）かまわん。
トレムイユ　（シャルルの態度に、話を続ける）イザボー様は陛下のお父上、シャルル六世のお后でありながら、お父上が亡くなると、次々と他の貴族と関係を持った。イングランドがこの国に攻めてくると、自分の命を守るため、娘をイングランド国王に嫁がせ、その子にフランスの王位を継承させようとした。すべては、自分の保身のため。浅はかな女の知恵だ。そのために、どれだけこの国が混乱しているか。

「かまわん」とはいいながらも、トレムイユの言葉が続くと苛立ってくるシャルル。

シャルル　もういい！

話をやめるトレムイユ。

シャルル　そんな昔の話はいい。そんなことより食事だ。クルパン、夕食の仕度は。
クルパン　は、こちらに。

立ち去ろうとするシャルル。

ヨランド　陛下。ジャンヌの件はいかがなさいます。
シャルル　好きにしろ。

ヨランドとトレムイユ、目で「どちらの？」と問いかける。

シャルル　（二人を見て迷う）ああ、あとはお前達にまかせる。

トレムイユ　は。

逃げるように立ち去るシャルル。

ヨランド　……何のつもりですか、ラ・トレムイユ卿。

トレムイユ　と、いいますと？

ヨランド　イザボーの名前を出せば、陛下が逃げるのは分かっていたはず。それをわざわざ。

トレムイユ　あなた方の本音をお聞きしたかったのです。陛下のいないところで。

マリー　私達の？

トレムイユ　なぜ、たかがドムレミ村の田舎娘にこだわりなさる。

ヨランド　こだわっている？　私達が？

トレムイユ　そう見えましたが。

ヨランド　……一縷《いちる》の望みを託しているからかもしれませんね。その神懸かりの少女に。今の陛下の王座は非常に不安定です。わがアンジュー家とあなたが支えてくれてはいるが、パリを逃げ出し、点々と場所を変えて、ひとつところに宮廷も開けない。ですが、そのジャンヌの言うことが真実に聞こえれば、シャルル陛下の王座は神が認めたことになる。

トレムイユ　聞こえれば？
ヨランド　そう、聞こえれば。今、私達が考えなければならないのは、何が本当かよりも、何が必要かではなくて。
トレムイユ　なるほど。
ヨランド　このシノン城に呼びますよ、ジャンヌを。
トレムイユ　わかりました。ヴォークルールに使いを出しましょう。但し、ジャンヌという娘の正体、しっかりと調べさせていただきますよ。神に仕える少女か、それとも穢《けが》れた悪魔憑きか。
ヨランド　いいでしょう。

トレムイユ、立ち去る。
ため息をつくヨランド。

ヨランド　……かわいそうなシャルル。
マリー　どうされました、お母様。
ヨランド　（ジャンヌからの手紙をマリーに渡し）その手紙でジャンヌは、シャルルのことをなんて呼んでる？
マリー　……「親愛なる王太子シャルル様」
ヨランド　そう、彼女は一度も彼のことを国王陛下と呼んでいない。シャルルがその手紙に怒っていた本当の理由は、多分それ。

マリー　そんな。そんなことで。
ヨランド　そんなことで怒る男、それがシャルル。
マリー　だとしたらあまりにも小さい。
ヨランド　あまりにも小さい男、それがシャルル。
マリー　そんな。仮にも私の夫です。
ヨランド　そして、仮にも私の義理の息子。小さいときから私が育てたんだから、義理なんてものじゃない。思いの深さは、実の息子以上かも。
マリー　ええ。お母様は、立派にお育てになられました。陛下は、ただご自分に自信が持てないだけなのです。
ヨランド　でも、私達アンジュー家が、フランスが、生き残るには彼を立派な王にするしかない。いつまでも、ラ・トレムイユのような俗物に、フランス王家をいいようにさせてたまるものですか。

物思うヨランド。二人を闇が包む。

×　　×　　×

ヴォークルールの町。
ジャンヌとレイモンがいる。そこに駆け込むケヴィン。
ジャンヌは男物の服を来ている。

ケヴィン　ジャンヌ。シノン城から返事が来た。シャルル様が会って下さるそうだ。
ジャンヌ　ほんとに！
ケヴィン　ああ、これが返事だ。（と、手紙を渡す）
ジャンヌ　（一瞥《いちべつ》するがケヴィンに戻す）読んで。
ケヴィン　あ、そうか。お前、字が読めなかったな。
ジャンヌ　文字は今、勉強中です。
レイモン　（手紙を読み）確かにお召しの知らせだ。ふうむ。たいしたものだな。文字も読めん娘が、宮廷を動かしたか。
ジャンヌ　今、勉強中です。すぐに読めるようになります。
レイモン　まあ、そうムキになるな。出来んもんは出来んと素直になった方がいい。
ジャンヌ　勉強してます。
レイモン　まったく頑固だな。そのまっすぐなところがいいところでもあるが、気をつけた方がいい。宮廷は、化け物達の寄合所だからな。
ジャンヌ　化け物？
レイモン　顔はニコニコしてても、腹に短剣突きつけあってる。いつズブリとやられてもおかしくねえ。弟が兄の嫁さんを寝取る。母親が、実の息子を裏切る。甥が叔父を殺す。宮廷ってのはそういうとこだってことだよ。

と、別の場所に一人物思うシャルル七世が浮かび上がる。そこはシノン城の寝室だ。マリーが入ってくる。

マリー　……眠れないのですか。

シャルル　気にするな。先にやすんでくれ。

マリー　でも、ここのところ、あまり眠られていないのでは。

シャルル　（イライラと）当たり前だ。眠れる方がどうかしている。パリを逃げ出し、こんな石造りの暗い城に押し込められ。ここが宮廷だと。笑わせるな！

マリー　陛下。

シャルル　陛下だと。ほんとに王か、フランスの国王か。この俺が！

マリー　……。

シャルル　金はトレムイユに頼りっきり。おまけに、生みの母親には不義密通の子だと言われる。こんな俺が、本当に王様か！　お前だって俺のことをバカにしてるんだろう！

再びジャンヌ達の会話。

レイモン　いいか、今のフランス国王、シャルル七世は、シャルル六世と王妃イザボー・ド・パヴィエールの子供だ。ところがこのシャルル六世って王様は、頭のネジがおっぱずれっちまってた。すっかりいかれちまったんだな。フランスの王様が狂人になっちまったんだから大変だ。政治は乱れる。王妃のイザボーは、旦那の弟のオルレアン公ルイと浮気三昧だ。

ジャンヌ　まさか。仮にも一国のお后様がそんなことを。
レイモン　弟だけじゃない。他の貴族様と出来てるって噂もあった。淫乱王妃イザボー様だ。
ジャンヌ　（ケヴィンに）本当なの？
ケヴィン　ああ。
ジャンヌ　そんな。
レイモン　それだけじゃない。シャルル七世って自分の息子が国王の座にいながら、イザボーって女はイングランドについた。イングランド国王のヘンリー五世に自分の娘のカトリーヌを嫁がせて、フランスの王位継承権を認めた。それが今のイングランドとフランスの戦争の元凶だ。
ジャンヌ　じゃあ、実の母親がシャルル様の敵に回ったの。

まるでレイモンの言葉が聞こえるかのように、苦悩するシャルル。

シャルル　イザボー、あの女は俺を捨てた。俺を裏切り、イングランドについた。しかも、俺を父上の子ではないと言う。不義密通で出来た子だと。よかった、俺はきちがいの息子じゃない。だが、王の子でもない。だったら俺は誰だ。なあ、マリー。俺は誰だ。
マリー　落ち着いて下さい。あなたは、フランス国王、シャルル七世です。
シャルル　違うな、マリー。それは、俺じゃない。お前達がそうあって欲しいと思っている男だ。

ジャンヌ達とシャルル達の会話が交錯し始める。

ジャンヌ　……かわいそう。

シャルル　（マリーに）哀れむか。この俺を。この空っぽの俺を。

マリー　私が陛下を支えます。

シャルル　そうだな。お前がいた。お前とお前の母君がな。アンジュー家を、自分の血筋を守るために必死で俺を支えてくれているお前達がな。

マリー　陛下。

シャルル　ジョルジュ・ラ・トレムイユ、ヨランド・ダラゴン、マリー・ダンジュー。みんな同じようなものだ。

マリー　陛下！　そのお言葉はあんまりです！

シャルル　（マリーの言葉は聞かず）さあ、好きにするがいい。空っぽの俺は操るのも楽だぞ。

マリー　……今夜は、別の寝室で休みます。

シャルル　ああ、それがいい。但し、他の男のベッドはやめておけよ、淫乱王妃と呼ばれるぞ。俺の母親のようにな。

マリー　……なんということを。

シャルル　……行け。

マリー、部屋を出る。

その会話の間に、ジャンヌ側もレイモンとケヴィンの姿が消え、ジャンヌ一人になっている。

ジャンヌ　……神よ。孤独な王太子様に、光を与えたまえ。

シャルル　……神よ、この魂が満ち足りる日がくるのですか。

神に祈る二人。

――暗転――

【第三景】シノン城

一四二九年三月。シノン城、大広間。
大勢の大臣や貴族達、城の住人がいる。
ジャンヌの王への謁見の立ち会いで集まったのだ。
トレムイユ卿、ヨランド、マリーもいる。

トレムイユ　ジャンヌ・ダルクを連れて参れ。

と、入ってくる男装のジャンヌ。ケヴィンとレイモンが後に続く。
ジャンヌ達、三人かしづく。

トレムイユ　お前が、ジャンヌか。
ジャンヌ　はい、筆頭侍従官様。
トレムイユ　シャルル陛下に戴冠式をあげよと言っているとか。
ジャンヌ　はい。

トレムイユ　しかしお前はドムレミ村の農民の娘だと聞いている。貴族でもないお前が、国王の行動を指図できると思うか。
ジャンヌ　私ではない、神の声です。私はただそれを伝えているだけです。
トレムイユ　ふむ。王の前でも同じ事が言えるかな。
ジャンヌ　もちろん。
トレムイユ　ならば、お前の口から直接伝えることを許そう。但し、神の使いと言うからには、くれぐれも過ちは犯さぬように。
ジャンヌ　はい。
トレムイユ　さあ、王に拝謁したまえ。ジャンヌ。

人垣が割れ、玉座が見える。
が、玉座に座るのは王の恰好に扮したクルパンだった。
レイモンとケヴィン、ハッとするが衛兵に阻まれて助言は出来ない。
シャルルは、貴族達の中に紛れて様子を見ている。面白くない顔をしているヨランド。
一人放り出されるジャンヌ。

ジャンヌ　……。
マリー　（トレムイユに囁く）何をお考えで。
トレムイユ　（小声で）神の使いならば、我々の姑息な罠など一目で見破るでしょう。これも試練のひとつ。

ヨランド　（小声で）猿芝居を。

と、どこからともなく幻影の少年が現れると、玉座に上っていく。

ジャンヌ　!?

少年、ふんぞり返っているクルパンの膝の上に座る。クルパンを無視して、自分が玉座に座るように。

ジャンヌ　え？

足が止まるジャンヌ。周りを見回す。

トレムイユ　何をしている。王はお待ちかねだぞ。

ジャンヌ、人混みの中に隠れているシャルルに向かって進んでいく。戸惑うシャルル。迷いなくその前に行くと、ひざまずくジャンヌ。

ジャンヌ　気高き王太子様。私はジャンヌ・ダルク。神の使いとして、ここにやってまいりました。
シャルル　国王はあそこにいる。（玉座をさす）あれが玉座だ。
ジャンヌ　いいえ。あなたがシャルル様です。

ジャンヌの瞳がシャルルを見つめる。
その瞳の力に、誤魔化しきれないシャルル。

シャルル　……なぜわかった。
ジャンヌ　鳥を見た者に、なぜ鳥だとわかったか問いますか。獅子を見た者が、馬だと間違えますか。玉座にいる者が王ではない。王がいるところが、王の座なのです。
シャルル　……余は王たる者か。
ジャンヌ　神はそう申しております。さあ、ランスに参りましょう。そこで戴冠式を行い、正当なるフランス国王であると宣言するのです。

と、手をさしのべるジャンヌ。
その時には、少年も玉座を降り、二人の近くで様子を見ている。
ジャンヌの手を見つめるシャルル。表情が真剣になる。

シャルル　来い。ゆっくり話が聞きたい。

ジャンヌの手を取ると、行こうとするシャルル。驚く一同。

トレムイユ　シャルル陛下。
シャルル　案ずるな。ジャンヌと二人で話がしたいだけだ。
トレムイユ　そのようなものと何を。
シャルル　指図は受けん。さあ、まいれ。

と、ジャンヌを連れて行くシャルル。戸惑う一同。

ヨランド　（笑い出す）さすがは筆頭侍従官殿。素晴らしい試練でした。これであの少女が神の使いであることは証明されましたね。
トレムイユ　……。（苦々しい顔）

シャルルとジャンヌ、別の部屋に移動する。そこでの会話は他の人間には聞こえない。

シャルル　……改めて聞く。なぜ、余がシャルルだとわかった。余の顔を知っていたのか。
ジャンヌ　いいえ。初めてお会いします。
シャルル　ならば、なぜ。

ジャンヌ　あなたはあなたです。たとえ草原の中に隠れようと、王たる者であることに揺るぎはありません。いくらイングランドに蹂躙されようと、フランスがフランスであるように。

シャルル　……私は私か。

ジャンヌ　はい。シャルル様はシャルル様です。神も、あなたをお助けせよと、私にお命じになられました。

シャルル　……神が私を……。

ジャンヌの手をとると、思い入れるシャルル。彼女の言葉が身体に染み渡る。

シャルル　……お前は私に何をしてくれる。

ジャンヌ　シャルル様が、王に至る道を作るのが私の役目。その道を切り開くための兵を、お与え下さい。

シャルル　……わかった。

ジャンヌを連れ部屋を出るシャルル。待っていた臣下に高らかに宣言する。

シャルル　皆の者、よく聞け。今よりこのジャンヌ・ダルクを、我がフランス軍の指揮官とする。第一の目的はイングランド軍に包囲されたオルレアンの解放。さらに敵軍を駆逐し、ランスへの道を切り開く。

どよめく一同。

ジャンヌ　神は言った、フランスの国土をフランス人の手に取り戻せと。シャルル様に、国王の冠を与えよと。

と、トレムイユが彼らの言葉を遮る。

トレムイユ　お待ち下さい、シャルル陛下。
シャルル　なんだ、ジョルジュ。異論は認めんぞ。
トレムイユ　陛下が出兵すると仰るのでしたら、この筆頭侍従官、なんとしても軍資金をご用意いたしましょう。それが神の意志であるなら、なんの異存がございましょう。ですが、その前に確かめたいことがある。
シャルル　なんだ。
トレムイユ　そのジャンヌという娘が聞いたのが、本当に神の声かどうか、確認させていただきたい。
シャルル　確認？
トレムイユ　悪魔は往々にして神の名を騙り、人の心につけこむ。ジャンヌ、お前が聞いたのが悪魔の声でないことを、証明しなければならない。
シャルル　何をするつもりだ。

トレムイユ　処女検査です。悪魔との契約は、その肉体を持ってなされる、悪魔に穢された女は魔女となる。純粋なる処女であることが、悪魔憑きではない揺るがぬ証拠となる。

マリー　それは、あまりに……。

ヨランド　（マリーを制し）確かに必要なことですね。

マリー　お母様。

ヨランド　仕方がありません。神の声を伝える者ならば、一度は通らなければならない道です。

トレムイユ　いずれ、日を改めて行います。それまで出兵はお待ちいただきたい。

ジャンヌ　それは、ここでは出来ないのですか。

驚く一同。

シャルル　ジャンヌ。

ジャンヌ　私ならかまいません、陛下。オルレアンが、イングランド軍に包囲されてもう7ヶ月以上がたちます。町の人々は食べ物もなく飢え乾いた状態で籠城を続けているとか。一刻も早く、解放しなければ。私のせいで出兵を遅らすわけにはいかない。

シャルル　何をされるかわかっているのか。

ジャンヌ　いいえ。でも、それで私が認めてもらえるのなら、迷うことなどありません。

シャルル　……。（その気迫に納得する）

マリー　でも、ここでなんてあんまりです。

トレムイユ　これはお后様の方が一理ある。私も、このような可愛い娘に、恥をかかせたくはない。
ジャンヌ　（トレムイユを制し）時間がないのです。
ヨランド　大した覚悟ですね。わかりました。今、準備させましょう。
トレムイユ　ヨランド様。
ヨランド　（トレムイユに）むやみに日延べすると、その間に出兵をやめるよう、シャルル様を説得するための時間稼ぎかと勘ぐられますよ。
トレムイユ　まさか、そのような。
ヨランド　ですよね。
トレムイユ　（ヨランドに言い負かされ忌々しいが、平静な風を装い）……急げ、処女検査の準備だ。

布を幕のように立てる従者。
老婆が現れる。

トレムイユ　始めろ。

目の前で準備が終わり、貴族達の前で調べられるのだと実感すると、さすがに一瞬躊躇するジャンヌ。

老婆　（ジャンヌに）ほら、こっちに。

だが、迷いはほんの一瞬。ジャンヌは老婆の方に進む。
老婆、ジャンヌをその幕の裏に連れて行く。幕の向こうで、ジャンヌの秘部を調べる老婆。
彼女の声が聞こえる。

老婆　動きなさんな。へたに動くと血が出るよ。そう、それでいい。

見えない分だけ、いたたまれないレイモンとケヴィン。シャルルも複雑な表情。
処女検査が終わり、幕がとられる。
検査の前も後も、ジャンヌの凛とした態度に代わりはない。

トレムイユ　どうだった。

老婆　はい。この娘は、無垢なる処女でございます。

うなずくヨランド。

ヨランド　これで、ジャンヌの純潔は証明されました。

シャルル　よし、出兵の準備だ。異存はないな、ジョルジュ。

トレムイユ　私は最初から反対などしておりませんが。

シャルル　頼んだぞ、ジャンヌ。
ジャンヌ　はい。フランス軍に栄光を！　まもなくイングランド軍は神の意志を知ることになるでしょう。

うなずくと立ち去るシャルル。
それを合図に、人々は立ち去っていく。
従者に案内され立ち去るジャンヌ。
面白くなさそうに踵を返すと足早に立ち去るトレムイユ。
と、ヨランド、レイモンとケヴィンに目配せ。
ヨランド、そっと移動する。
周りの人間は闇に呑まれ、ヨランドだけがケヴィンとレイモンの前に立つ。
三人だけの会話である。

ヨランド　ご苦労様でした。レイモン。
レイモン　は。
ヨランド　相変わらずいい腕ね。これは、約束の報酬です。

金袋を二人に渡すヨランド。

レイモン　ありがとうございます。では、また何なりとお言いつけ下さい。

立ち去ろうとするレイモン。だがケヴィンは動かない。

レイモン　どうした、ケヴィン。
ケヴィン　ヨランド様。あなたは、彼女が神の声を聞こえることをご存じだったのですか。
ヨランド　まさか。……逆に聞きたいわ。あの子には本当に神の声が聞こえるの？
レイモン　……。
ヨランド　……本当に神は、シャルル陛下を王に選んだの？
レイモン　いや、俺たち、難しい話はとんと……。
ケヴィン　少なくとも、彼女には何かが見えています。
レイモン　やめろ、ケヴィン。命をなくしたいのか。
ケヴィン　……おやっさん。
レイモン　首突っ込んだ瞬間に、その首はねられる世界ってのがある。こいつはその手合いの話だ。
ヨランド　私が、お前達の首をはねると。
レイモン　いえいえ、お優しきヨランド様に限ってそんなことは。
ヨランド　……そう警戒しなくてもいいわよ、レイモン。あなた達をどうこうしようなんて思ってはいません。ただ……。
ケヴィン　ただ？

ヨランド　もう少し彼女を守ってもらえますか。
レイモン　え……。
ケヴィン　……それは、新しい仕事の依頼ということですよね。
ヨランド　もちろん、お金は出します。
ケヴィン　おやっさん。（とレイモンを促す）
レイモン　わかりました。そういうことならば。
ヨランド　頼みましたよ。

三人を闇が包む。

——暗転——

【第四景】オルレアン

オルレアンの周辺。イングランド軍の砦。
オルレアン攻撃のイングランド軍総司令官、タルボットがいる。
数人の兵士とオルレアンの地図を見ながら、軍略会議をしている。
そこに駆け込んでくる兵士。

兵士　将軍！　タルボット将軍！
タルボット　どうした。騒々しい。
兵士　フランスの援軍が、オルレアンの町に侵入いたしました！
タルボット　なに⁉
兵士　しかも、援軍の指揮官は若い女だったと。
タルボット　若い女？　ばかばかしい。オルレアンの周りは完全に包囲していた。腰抜けのフランス軍、それも女如きに突破出来るわけがあるか。
兵士　しかし、事実です。
タルボット　馬の用意だ。誰であろうと、抵抗するなら一気に押しつぶすまでだ。

戦の準備をするイングランド軍。

×　×　×　×

オルレアンの市街。
ジャンヌと率いてきた兵士達が、籠城していた兵士達に食料を配っている。
殺到する飢えた兵士達。
甲冑姿のジャンヌは率先して、彼らに食料を配っている。
それを見守る傭兵隊長ラ・イールとサントライユ。数々の戦いをこなしてきた、戦争のプロである。が、今、ジャンヌを見る目は優しい。

ジャンヌ　さあ、みなさん。パンと葡萄酒です。
ケヴィン　塩漬け肉に、チーズもあるぞ。
レイモン　落ち着け落ち着け、人数分はあるから。

と、人混みをかき分けて現れるアランソン公とその部下。

アランソン　ラ・イール！　サントライユ！
ラ・イール　おう、アランソン公。
サントライユ　どうした。

アランソン　どうしたではない、なんだこの騒ぎは。貴殿らは、シャルル陛下からの援軍を迎えに行ったのではなかったのか。
ラ・イール　行ったよ、そして連れてきた。（ジャンヌを指す）
アランソン　（彼女の姿を見て）……女だと。
サントライユ　そう。彼女がジャンヌだ。今回の援軍を指揮するジャンヌ・ダルクだ。
ラ・イール　ジャンヌ。ジャンヌ。こっちに来い。

ジャンヌ、ラ・イールの手招きに応じて近くによる。

ラ・イール　彼は、アランソン公ジャン二世。俺達とともにこのオルレアンを守る将軍だ。
ジャンヌ　アランソン公、もう大丈夫です。このオルレアンは解放されます。私達がイングランド軍を打ち破ります。
アランソン　……我々が手を焼いている敵を、お前が破るというのか。
ジャンヌ　それが神の意志です。
アランソン　神の意志だと。それで戦争に勝てるなら、とうにイングランド軍を、このフランスから追い出している！
ラ・イール　まあ、落ち着け、アランソン。
アランソン　どうした、いやに肩を持つな、阿修羅と恐れられた傭兵隊長ラ・イールとサントライユが、この小娘に色目でも使われたか。

ジャンヌ　……アランソン公、あなたは神を信じないのですか。
アランソン　そういう問題じゃない。信じられないのは、お前だ。
ジャンヌ　だったら、なぜ私達はここにいます。
アランソン　なに。
ジャンヌ　いままでイングランド軍に阻まれて、援軍はこのオルレアンに一歩も入れなかった。人々は飢えに苦しんでいた。でも、今は違う。私達が運んできた食料で、あなたの兵士達が飢えを満たしている。あなたはその事実も否定なさるのですか。
アランソン　……それは……。
サントライユ　奇跡が起きたのだよ、アランソン。
アランソン　奇跡だと。
サントライユ　そうだ。彼女たちは、シェシーの町からロワール河を渡ってこのオルレアンに入城したのだ。
アランソン　シェシーの町？　出鱈目を言うな、あそこは川下の上に風下だ。確かにイングランド軍はあの町にはいない。船でこちらに渡れるわけがないから、フランス軍を警戒する必要がない。
ラ・イール　……風向きが変わったんだ。彼女の言葉通りに。彼女はどうしても船で渡ると言った。その時、風向きが変わった。川の流れをさかのぼって進めるほどの強い風が、シェシーの船着き場からこのオルレアンに向かって吹いたのだ。
アランソン　……まさか。そんなこと、今まで一度もなかったぞ。

サントライユ　……だから奇跡だと言っている。

ジャンヌ　私の意志ではありません。〝声〟が、言っていたのです。オルレアンの飢えたる民を助けよと。この町を解放せよと。

アランソン　……食料を運び入れたことには感謝する。だが、戦いに女は不要だ。あとのことは我々にまかせて、お前は宿で寝ていろ。

ジャンヌ　そんな！　シャルル様は私に軍を預けてくれました。

アランソン　女如きに助けを求めるアランソンではない。

ジャンヌ　私が女だから信じない、そういうことですか。だったら！

ジャンヌ、短刀で自分の髪を切る。

驚く男達。

サントライユ　おい！

ラ・イール　お前、何を！

ジャンヌ　（短髪になり、アランソンに）これでどうですか。

アランソン　……。（ジャンヌの気迫に圧倒されている）

ジャンヌ　男とか女とか、そんなこと関係ない。これは神のご意志なのです。

アランソン　……戦争に奇跡はない。冷静な者だけが、生き延びるのだ。

捨て台詞を残し、踵を返して立ち去るアランソン公。

ラ・イール　たいしたもんだな。いやあ、感服した。

サントライユ　ああ、アランソン公はともかく、ここにいる兵士達には、お前の気迫は充分に伝わったぞ。

ジャンヌ　では、戦いを。

サントライユ　まあ、今は待て。

ラ・イール　アランソンは頑固でな、こうと決めたらなかなか人の意見は聞かない。少し頭を冷やさせないとな。だから、しばらくはおとなしくしてくれ。な。

サントライユ　折りを見て、公爵には俺達の方からうまく言う。今日は、お前も宿に戻っていろ。

ラ・イールとサントライユも立ち去る。

ジャンヌ　待って下さい！

まだ何か言いたそうなジャンヌを、それまで隅で黙って様子を見ていたレイモンが、そっと押し留める。

レイモン　ジャンヌ。あのアランソン公は、ついこの間まで、イングランドの捕虜になっていたんだ

ジャンヌ　そうだ。そう簡単に神様なんぞ信じる気分じゃないんだろう。……でも、ここまで来て戦えないなんて……。

いつの間にかジャンヌは一人。
彼女の周りを闇が包む。
その前に立つ幻影の少年。

ジャンヌ　……どうしたの？

少年、そっとジャンヌの手を握る。

ジャンヌ　慰めてくれてるの？　大丈夫よ。ありがとう。……ねえ、あなたも見た。ここにくるまでの景色。……どの町もどの村も戦争で焼けて、家は壊れて、みんなひもじくてガリガリで……。あれがイングランドのせいだとしたら、私は許せない。こんな戦争、早く終わらせないと。

少年、無理をするなという表情。

ジャンヌ　ううん、無理なんかしてない。私は私のやるべきことをやる。そうなんでしょ。

少年、微笑む。

ジャンヌ　……ありがとう。あなたを見てると気持ちが落ち着く。ふるさとの草原にいるみたい。前に、どこかで会ったのかな。幼なじみ？

かぶりをふる少年。

ジャンヌ　……違うのかな。

と、ハッとして周りを見る少年。

ジャンヌ　なに？　どうしたの？

町の外を指差す少年。
同時にうおおという、鬨《かちどき》の声が聞こえてくる。

ジャンヌ　なに、あれは!?　戦争!?　レイモン！　ケヴィン！　誰もいない。もう戦争が始まってるの!?　私一人置いて!?　そんな！

行こうという少年。

ジャンヌ　わかってる。行かないと!!

駆け去るジャンヌと少年。

×　×　×　×

サン・ルー砦前。

アランソン公率いるオルレアンの軍が、イングランドに占拠された砦の奪取のために戦っている。ラ・イールやサントライユ、レイモン、ケヴィンもいる。迎え撃つは、タルボット率いるイングランド軍。

ジャンヌ到着の翌日のことである。

ジャンヌと少年の会話は、到着した夜の夢なのかもしれない。

タルボット　どうした、アランソン。小娘にいい所を見せようと、飛び出してきたか。

アランソン　うるさい。ベッドフォードの腰巾着が。貴様らのような島国根性では、ドーバー海峡を越えたら通用しないこと、今日こそ思い知らせてやるぞ！

タルボット　ふん。何度来ても同じ事だ。お前らフランス軍が勝てるわけがない。フランスとイングランドでは王の器が違うのだ。やれ、お前達。

アランソン　ひるむな、進め、者ども！

入り乱れて戦うフランス軍とイングランド軍。
レイモンとケヴィンは、高台から弓を射ている。
いっぽう敵と剣を交えているラ・イールやサントライユ。

サントライユ　どうした、ラ・イール。何か迷ってるのか。
ラ・イール　いやあ、ジャンヌを置いてきたのが、どうにも気になってな。
サントライユ　うちの御大将が聞く耳を持たなかったんだ。仕方がない。
ラ・イール　まったく、強情っぱりがよ。

兵を指揮するアランソン。

アランソン　よし。このまま一気に攻め込むぞ。

と、タルボットが味方に合図する。

タルボット　大弓隊、よーい!!

フランス軍を迎え撃つように、大弓隊が現れる。通常の弓の倍、2メートル近くある大弓を構えた兵が何人も、フランス兵の前に、壁のように現れる。

サントライユ　あれは大弓隊！
ラ・イール　まずいぞ！　みな、下がれ！
タルボット　もう遅いわ！　弓、放てーっ!!

大弓を射るイングランド軍。
突進していたフランス軍が、弓に射貫かれ倒れていく。

ラ・イール　ダメだ。あれだけでかい弓だと、こっちの盾も貫いてくる。防御は効かんぞ。
アランソン　盾を捨てろ。身軽になって、一気に敵の膝元まで突き進め。
サントライユ　それしかないか。
タルボット　そうくると思った。槍兵、迎え撃て！

槍兵が出てくると、フランス兵を迎え撃つ。次々に倒されるフランス兵。

タルボット　アランソン。いつもいつも突撃ばかりのお前の戦法は、お見通しだ。
サントライユ　まずいぞ、ラ・イール。

ラ・イール　ここはひとまず撤退だ。退け退けー。

　と、撤退しようとするフランス軍。

アランソン　このまま、おめおめと引き下がれるか！

　と、アランソンは自らタルボットに向かう。

アランソン　タルボット、貴様だけでも！

　打ちかかるアランソン。だが、タルボットの剣技の前に、剣を弾かれる。

ラ・イール　アランソン！

　ラ・イールとサントライユは他の英兵と戦っていて、アランソンを救いにいけない。

タルボット　だから言っただろう。王の器が違えば、兵の器も変わるのだ。お前は私には勝てない。

　アランソンの首に、剣を突きつけるタルボット。

アランソン　く……。

追い込まれるアランソン。
と、その時、高台に現れるジャンヌ・ダルク。手に旗印。

ジャンヌ　あきらめてはいけない、アランソン公爵！
アランソン　ジャンヌ！
タルボット　なんだ、あいつは。

タルボットが気をそがれた隙をついて、剣を拾ってタルボットの間合いから逃れるアランソン。

ジャンヌ　みんなも逃げるんじゃない。攻撃だ！　フランスは勝つ！　必ず勝ちます!!

そのジャンヌの檄に、一旦逃げようとしていたフランス軍の足が止まる。

ジャンヌ　イングランドの野蛮な兵よ。貴様らに、このフランスの大地を踏む資格はない。武器を置いて、速やかに立ち去れ！

タルボット　ふん、世迷い言を。わがイングランドの王、ヘンリー六世は、フランスの王、アンリ二世でもある。この地の支配権は我がイングランドにあるのだ。
ジャンヌ　ならばなぜ、貴様らは海を渡ってくる。この国土は、この大地に生まれこの大地に育ちこの大地に死んでいく者達のもの。豊かに実った麦の穂を、勝手に荒らして刈り取って行く者がいたら、人はそれを盗賊と呼ぶ。野盗、盗っ人の類とさげすむ。貴様らがやっているのは、それと同じだ。去れ、盗っ人共。神も貴様らを許さない！

ジャンヌの言葉に呼応するように、彼女の背後から強い風。彼女が掲げる軍旗が大きくはためく。
軍神の降臨のように、力強く美しい。
ジャンヌの檄に、目に生気が戻るフランス兵達。

フランス兵1　そうだそうだ！
フランス兵2　去れ、イングランドの野蛮人共！
タルボット　大弓隊、あの女を狙え。
ジャンヌ　私を射るか。いいだろう、その弓を放て。だが、私には当たらない。イングランドの汚《けが》れた弓矢など、神のご加護の前では何の力もない。
タルボット　ふん、だったらお前の神様ごと射貫いてやるよ。

弓兵、矢の準備をする。

ラ・イール　よせ、ジャンヌ。
サントライユ　無茶だ。
レイモン　まったく、あのお嬢さんは。ケヴィン。
ケヴィン　わかりました。

二人、自分の弓をつがえる。

タルボット　弓、放てーっ!!

大弓兵がジャンヌに一斉掃射。
レイモンとケヴィンは必死で弓を放つ。
大弓から放たれた矢に自分達の矢を当てて軌道を変えようとしているのだ。
旗印を構えたまあ、微動だにせず立つジャンヌ。
英兵の矢は当たらない。すべて彼女の身体を避けて後ろの壁に突き刺さる。

ジャンヌ　（刺さっていた矢を一本引き抜くと）見ましたか。これが神の意志です。（と矢をへし折る）

フランス兵の歓声。

アランソン　……たいした女だ。

ラ・イール　だろう。

タルボット　ばかな……。ええい、第二波用意！

弓兵　将軍、もう矢がありません。

タルボット　なんだと。

弓兵　さっきの一斉掃射で撃ち尽くしました。

タルボット　そんな……。

ジャンヌ　さあ、立ち上がれ、我が同胞よ。今こそ、穢れしイングランドの蛮族を打ち払うのです！

ラ・イール　ほら、お前ら、いつまで寝てるつもりだ。

サントライユ　フランスの男の意地を見せてやるぞ！　立て立て!!

それまで負傷してうずくまっていたフランス兵達も「おお！」と立ち上がり、剣を構える。

ジャンヌ　行こう、神は我らと共にある！

旗を振るジャンヌ。

アランソン達、イングランド軍に襲いかかる。

ケヴィン　おやっさん、俺も行きますよ。
レイモン　おう。若いもんは働け、働け。

ケヴィンも剣を持ち、白兵戦に参加する。
フランス軍、これまでになく士気が高い。
タルボット達を逆に追い詰める。

タルボット　ええい、このサン・ルー砦は捨てる。オーギュスタン砦まで撤退するぞ。
弓兵　いいんですか。
タルボット　構わん、砦の一つや二つ。兵を合流させ、叩き潰す。来い。

逃げるイングランド軍。

ラ・イール　奴ら、逃げるぞ。
ジャンヌ　気をゆるめてはなりません。オルレアンの周りの砦は、まだイングランド軍に占拠されている。このまま一気に攻め込みましょう！

「おお‼」と剣を振りかざす兵士達。

ジャンヌを先頭に進軍するフランス軍。

その数は増え勢いは増す。

イングランド軍を打ち倒していく、ジャンヌ率いるフランス軍。ジャンヌの名を呼び讃える
フランス兵士達。

追い詰められるタルボットとイングランド軍。

軍旗を持ちその前に凛と立つジャンヌ。

ジャンヌ　オルレアンの砦はすべて奪還しました。これ以上の戦いを望むのですか、タルボット将軍！
タルボット　……全軍に伝えよ。撤退だ。
英兵　……え。
タルボット　オルレアンひとつ取り戻したところで、我がイングランドの優位に変わりはない。こんなことは長くは続かん。ここはひとまず退け！
英兵　しかし……。
タルボット　何度も言わせるな。全軍、退却だ。退けーっ!!
イングランド軍が退却する。
ジャンヌ　見なさい、イングランド軍が退却していく。

アランソン　……勝ったのか、俺達。
ラ・イール　ああ、そうだ。
サントライユ　ジャンヌのおかげでな。
ジャンヌ　もう大丈夫です。オルレアンは解放されました‼

歓声を上げるフランス兵。
と、ロッシュ城にいるシャルルとトレムイユが別の場所に現れる。

シャルル　なに。それはまことか、ジョルジュ！
トレムイユ　はい、サン・ルー砦を皮切りに奪われた砦を次々に奪回し、イングランド軍は撤退したと。我が軍は、オルレアンを奪還いたしました。
シャルル　そうか、オルレアンを解放したか……。たった十日だぞ。彼女がオルレアンに入ってたった十日で、イングランド軍どもを打ち払った。
トレムイユ　さすが。シャルル陛下。人を見る目がおありになる。
シャルル　そうか、ジャンヌが。……よくやった、私の可愛い乙女よ、ラ・ピュセルよ！
トレムイユ　……ラ・ピュセル？
シャルル　いや、なんでもない。（と、立ち去る）

シャルルの口から出た言葉が、何やらひっかかるトレムイユ。

背後にクルパンが現れる。

トレムイユ　クルパン。ドムレミ村に行け。

クルパン　ドムレミ村ですか。

トレムイユ　ああ、そうだ。ジャンヌの生まれ故郷だ。彼女について調べてこい。……陛下はあの娘をラ・ピュセルと呼んだ。

クルパン　ラ・ピュセル？

トレムイユ　我が乙女という意味だ。あの女には何かある。これ以上、陛下のお気持ちを奴に向けさせてはいかん。なんでもいい、あの女の弱みを掴んでくるのだ。

クルパン　はい。

駆け去るクルパン。

トレムイユ　シャルル七世を、このフランスを動かしているのは、このラ・トレムイユだということを、あの、跳ねっ返り娘にも教えないとな。

トレムイユ、闇に消える。
ジャンヌ達の進軍が終わり、兵は三々五々去っていく。
残るは、レイモンとケヴィン。彼らを待つアランソン。

アランソン　待て、そこの二人。
レイモン　これはこれは、アランソン公爵様。戦勝の祝いはよろしいのですか？
アランソン　みんな勝手に飲んでいる。それよりも、お前達にききたいことがあってな。
ケヴィン　俺達に。ですか？
アランソン　ああ、そうだ。お前達、ジャンヌの腹心の部下だそうだな。
レイモン　いや、そんな大それたものじゃ。
アランソン　ごまかすな。私には分かっているぞ。ジャンヌの奇跡のからくりがな。
ケヴィン　からくり？
アランソン　最初の戦いで、彼女に矢が当たらなかった奇跡の話だ。
ケヴィン　ああ、あれが何か。
アランソン　あの時、お前達はイングランド軍の矢に向かって矢を撃っていたな。そのおかげでイングランド軍の矢は、ジャンヌに当たらなかった。
ケヴィン　……それは。
アランソン　俺はちゃんと見ていた。言い訳は聞かんぞ。
レイモン　確かに、矢は放ちました。彼女を守るのは俺達の役目ですから。
アランソン　ほらみろ。やっぱりあれは奇跡なんかじゃなかった。ジャンヌの神懸かりは、お前達が作ったのだ。お前達がイングランド軍の弓矢を撃ち落とし軌道を変えた。ジャンヌはただ立っていただけだ。あいつは、ただの小娘だ。

ケヴィン　だったら、どうなさるおつもりで。
アランソン　これではっきりした。彼女を軍からはずす。これ以上、あんな小娘に指揮をされてたまるものか。
レイモン　……冗談言っちゃいけませんや、公爵様。確かに俺達は、飛んでる矢を目がけて矢を射った。でもね、実際に当てるのがどのくらい難しいか、わかりませんか。わかるでしょう、弓を持ったことがあるなら。
アランソン　しかし、お前達は当てた。
レイモン　その通りです。あの時、俺達は無我夢中でした。でも、普段なら出来ないことが、ジャンヌと一緒だと出来る気がするんです。だから無心で矢を撃てた。その結果、ジャンヌには矢が当たらなかったとすれば、やっぱりそれも、奇跡なんじゃないんですか。
アランソン　なんだと……。
レイモン　ジャンヌが旗を振れば、勝てる気がする。俺だけじゃねえ。他の兵隊の志気が違う。それが公爵様には分かりませんか。
アランソン　……。
レイモン　七ヶ月勝てなかったイングランド軍を、たった十日で追い払った。それまでと何が違います？　ジャンヌでしょう。彼女の存在でしょう。
アランソン　……。
レイモン　普段出来ないことを出来るようにさせる。弓矢を避けるよりも、石ころを黄金に変えるよりも、よっぽどそっちのほうがすげえ奇跡なんじゃないかと、俺は思いますけどね。

アランソン　（考え込み）……お前達は、本気で彼女を信じているのか。
レイモン　どうでしょうか。ただ……。
アランソン　ただ？
レイモン　あんな若い娘が世の中を変えたら、ちょっと面白いんじゃないか。そうは思ってますよ。
アランソン　……。

と、そこにジャンヌとラ・イール、サントライユが現れる。

ラ・イール　おう、いたいた。宴会抜けて何やってるんだよ、アランソン。

三人の様子を訝《いぶか》しむジャンヌ。

ジャンヌ　アランソン様。その二人が何か……？
アランソン　……いや、私は彼らに物の見方を教わっていたところだよ。
レイモン　え？
アランソン　（ジャンヌに）私の方こそ、これまでの無礼をあやまらねば。すまなかった。今までの私は、女だからと思い、本当のあなたの姿を見ていなかったようだ。
レイモン　……公爵様。
アランソン　（二人に）改めて名前を教えてくれ。

レイモン　レイモン。
ケヴィン　ケヴィン。
アランソン　（二人の手を取る）よろしく頼む。（ジャンヌに）イングランドからこの国土を取り戻すまで、私達は戦友だ。男女の枠を越えて、ともに戦おう。
ジャンヌ　ええ、みんな同じ神の子です。

ホッとするラ・イールとサントライユ。

サントライユ　なんだかしらんが、まとまったようだな。
ラ・イール　おう。雨降って地固まるだ。
アランソン　さあ、飲み直しだ。来い。
ジャンヌ　私は飲みません。
アランソン　だったら、喰え。

と、言いながら立ち去るアランソン、ジャンヌ、ラ・イール、サントライユ。
残るレイモンとケヴィン。

ケヴィン　……おやっさん、どこまで本気なんですか。
レイモン　何が。

ケヴィン　今、言ったこと。
レイモン　わかったか。俺が誤魔化してたの。
ケヴィン　わかりますよ。そんな顔でも、おやっさんの弓は天下一品だ。
レイモン　顔は関係ねえだろう。確かにこの俺が狙えば、飛んでる弓矢を射貫くことも無理な話じゃねえ。
ケヴィン　ええ。
レイモン　第一、イングランド軍の弓矢だって大半はジャンヌまで届いてなかったしな。あの大弓は引ききるのに相当力がいる。焦って半端にひいちゃ、飛距離が伸びない。おまけにジャンヌからイングランド軍に向かって強い風が吹いていた。端で見てるよりは、ジャンヌに届く矢は、多くはなかった。だが、そこまで説明しちゃあ、ジャンヌが軍から追い出されるだろう。
ケヴィン　それでも、俺は、おやっさんが言ってることが本気に聞こえたんですよ。
レイモン　俺が言ってたこと？
ケヴィン　ジャンヌが旗を振れば勝てる気がする……。
レイモン　……気をつけろよ、ケヴィン。アランソン公が言ってたことはある意味正しい。
ケヴィン　え？
レイモン　戦場で奇跡なんか信じてると、早死にするってことだ。頭の隅に入れておけ。

と、立ち去るレイモン。

ケヴィン　あ、待てよ。おやっさん。

あとを追うケヴィン。

——暗転——

【第五景】ルーアン×ランス

沈鬱な表情のベッドフォード公。当時のイングランドの最高権力者である。
横にタルボットが控えている。

タルボット　（必死であやまる）申し訳ありません、ベッドフォード殿下。私がもっと、しっかりしていれば。
ベッドフォード　今更嘆いても仕方ない。フランス軍の巻き返しが、こちらの想像以上だったということだ。
タルボット　しかし……。
ベッドフォード　ジャルジョー、マン、ボージャンシー、ロワール河沿いの都市はすべて奪い返された。テポーでの戦いでは、お前まで捕虜になってしまったしな。
タルボット　まことに申し訳ありません！
ベッドフォード　身代金目当てで命まで取られなかったのは、幸いだった。
タルボット　殿下が、密かに身代金を支払われ、私を解放してくれたことは、感謝してもしたりないくらいです。

ベッドフォード　当然だろう。お前はイングランドでも有数の将軍だ。……しかし、これでシャルル七世のランスへの道は開いてしまったな。シャルルがランスに入り、戴冠式を行うのは時間の問題か。

タルボット　ジャンヌ・ダルク。あんな小娘一人が、これほどまでに戦局を変えようとは。本当に奇跡というものはあるのでしょうか。

ベッドフォード　どうした、タルボット。歴戦の勇士であるお前が、何を弱気なことを言っている。

タルボット　ジャンヌが率いる兵士どもは、理解を超えています。あの小娘はやみくもに突撃を叫ぶだけ。戦法などありはしない。ただ猪突猛進なだけだ。それなのに、なぜ勝利を収めるのか、私には見当もつきません。

ベッドフォード　お前は軍人として有能なのだよ。つい、相手も同じ軍人と考えてしまう。今まではそれでよかった。軍人同士の戦いならば、有能な方が勝つ。だが、今、我々が相手にしているのは軍人が指揮する軍隊ではないのだ。お前ですら奇跡という言葉が頭をかすめるのであれば、フランスの兵隊達は本気で信じてもおかしくはない。奴らは死兵だよ。

タルボット　死兵？　死んだ兵士ということですか。

ベッドフォード　死を畏れぬ兵士達のことだ。自分に神がついていると信じれば、畏れるものはない。そんな輩が相手では、慣れぬ異国の地で戦う我が国の兵士の腰がひけても、責めることは出来ん。

タルボット　では、どうしろと。

そこにベッドフォードの従者が現れる。

従者　ベッドフォード殿下。パリ大学からのお客様がまいりました。

ベッドフォード　おお、待っていた。お通ししろ。

と、コーション司教が現れる。

コーション　ご無沙汰しております。ベッドフォード殿下。

ベッドフォード　よく来られた。コーション司教。（タルボットに）紹介しよう。パリ大学のコーション司教だ。彼はタルボット将軍。イングランド軍の指揮をしている。

コーション　あの、猛将と噂のタルボット将軍ですか。お目にかかれて光栄です。

タルボット　おお。パリ大学でも特にブルゴーニュ派で名高い、あのコーション司教ですか。

コーション　確かにブルゴーニュ公にお世話になっています。彼がイングランドを支援するのならば、我々パリの民も、あなたがたの味方と思っていただきたい。

ベッドフォード　これは心強い。

コーション　あのぼんくらの王太子シャルルが、先王シャルル六世の子供だなどと名乗る方がおこがましいのです。ブルゴーニュ公も、私も、あなたがたイングランド王室がフランスの王になることに賛成しております。

ベッドフォード　すまぬな。戦火はパリまで広がるかもしれない。ジャンヌとか言う女の勢いが止まらないのだ。

コーション　ジャンヌ・ダルク。噂は耳にしております。軍を率いて戦うなど、さぞや男勝りの女でありましょうなあ。

ベッドフォード　どうなのだ、タルボット。

タルボット　いや、それが、そうとも。

コーション　では、剣の達人で？

タルボット　いや、剣は使わん。あいつはただ旗を振るだけだ。

コーション　旗を？

タルボット　そうだ。

コーション　だが、身体は男並みにむくつけき姿で。

タルボット　いや、そんなことはない。あれは違う。むしろ、可愛い。

コーション　可愛い？

タルボット　目はぱっちりと開き、唇はぷっくりと赤く、細身だが凛と立って兵に檄を飛ばす。あれで奮い立たねば、男ではない。

ベッドフォード　おいおい。お前はどちらの味方だ。

タルボット　だから、なお悔しいのです。あんな小娘に手玉にとられて。

コーション　いや、わかります、わかりますぞ、将軍。それでいい。男勝りの女が戦場で活躍しても、それは当たり前だ。むしろ戦場に不釣り合いなくらい可憐な方がいい。その方が、不自然だ。

タルボット　不自然と？
コーション　そうです。神は、この世に調和を求められる。ジャンヌという娘は、神の節理に逆らう者です。
ベッドフォード　そう言ってくれるか。
コーション　神の啓示を受けるのは、聖職者の役目。田舎の羊飼いの娘が神の使いなどありえない。それが軍を率い、人の心を迷わせる力を持っているのならば、考えられることはひとつ。ジャンヌは異端者です。
タルボット　なるほど。それなら、シャルルがランスで戴冠式を行ったところで、恐れることはない。魔女の手助けにより手に入れた王冠など、何の価値もないわ。
コーション　そういうことになります。
ベッドフォード　フランスの民はそれを受け入れるか。
コーション　裁判にかければ必ず証明して見せましょう。タルボット将軍が、ジャンヌを捕まえてさえいただければ。
ベッドフォード　どうだ、タルボット。
タルボット　この命に代えて。
コーション　戴冠式を終えたシャルルが狙う町はただひとつのはず。
ベッドフォード　パリか。
コーション　そうです。パリはフランスの首都。この町を制しない限り、フランスを抑えたとは言えない。だが、パリは反シャルル派であるブルゴーニュ公の拠点。奴らには決して扉は開かない。

タルボット　殿下。パリへの進軍をお許し下さい。今度こそ、あのジャンヌに煮え湯を飲ませてやりましょう。

ベッドフォード　頼むぞ。子供の相手はそろそろ終わらせろ。そのあとのことはよろしく頼むぞ、司教。

コーション　おまかせを。

三人、闇に消える。

×　　×　　×　　×

ランス。シャルル達が泊まっている修道院。廊下。ジャンヌとレイモン、ケヴィンがいる。ジャンヌは甲冑姿。

ケヴィン　ランスの町か。本当に来たんだな。

ジャンヌ　（二人の手を取り）ありがとう、レイモン、ケヴィン。あなた達がいなければ、とてもここまで来られなかった。本当にありがとう。

照れるレイモンとケヴィン。

レイモン　まったくたいしたもんだよ、あんたは。言ったことを本当に実現しやがった。

と、ヨランドとマリーが現れる。
それに気づき、ヨランド達に一礼し、立ち去るレイモンとケヴィン。

ヨランド　いよいよ明日は戴冠式です。よくがんばりましたね、ジャンヌ。
ジャンヌ　ありがとうございます、ヨランド様。
マリー　ほんとうに、よくこのランスに入ることができました。これもすべてあなたのおかげです。
ジャンヌ　フランスの初代王クローヴィスが戴冠式を行って以来、このランスの町のノートルダム大聖堂で戴冠式を行わなければ、正式なフランス国王には認められません。いくらイングランドが王権を主張しても、明日からは通用しない。
マリー　さすがジャンヌ、よくわかっています。陛下があなたを頼るのも無理はない。今では私以上かもしれませんね。
ジャンヌ　そんなことは……。
ヨランド　マリー。（とたしなめると、ジャンヌに）今日はゆっくり休みなさい。
ジャンヌ　ありがとうございます。
マリー　おやすみ、ジャンヌ。
ジャンヌ　おやすみなさい、マリー王妃。

二人と別れて自分の寝室に入るジャンヌ。鎧を外して、大きく息を吐く。

と、彼女に声がかかる。

シャルル　ジャンヌ。

シャルルだ。部屋で彼女を待っていたのだ。

ジャンヌ　王太子様。なぜ、ここに。
シャルル　お前に一言、礼が言いたかった。
ジャンヌ　王宮で充分、ねぎらっていただきました。
シャルル　違う。あれは私の言葉であって私の言葉ではない。ジョルジュやマリー、ヨランド、いつも私は他人の視線の中で生きている。
ジャンヌ　シャルル様……。
シャルル　誰の目も気にせず、ただお前に言いたかった。ありがとうと。
ジャンヌ　……ありがとうございます。
シャルル　手を。
ジャンヌ　……汚れております。
シャルル　かまわぬ。

と、ジャンヌの右手を取ると、優しくなでる。

ジャンヌ　女なのにがさがさです。ずっと軍旗を振っていましたから。
シャルル　……だが、この手が私に王冠を与えてくれた。

と、じっと彼女の指を眺める。

ジャンヌ　珍しいでしょう。人差し指と中指の長さが同じなのです。
シャルル　……わかっていたよ。
ジャンヌ　そうですか。村では珍しがられていました。からかわれたこともある。でも、今ではこの手が誇りです。この手があるから、軍旗が振られる。剣を掲げられる。
シャルル　……私のためにか。
ジャンヌ　シャルル様とフランスのために。
シャルル　（彼女の手を見ながら）……ジャンヌ。お前は……。
ジャンヌ　え。
シャルル　……いや。（言いかけたことを、ごまかすように）そうだ。これを見ろ。

と、部屋の隅にドレスが置いてある。

ジャンヌ　……きれい。

シャルル　明日の戴冠式はこれを着ろ。
ジャンヌ　……このドレスを。
シャルル　遠慮することはない。私の感謝の気持ちだ。
ジャンヌ　……ありがとうございます。でも、私は、できればこの姿で。（と、甲冑を示す）
シャルル　鎧姿でか。
ジャンヌ　はい。シャルル様が国王になられてからが本当の戦い。イングランド軍をフランスから追い払うための戦いが始まるのです。
シャルル　まだ、戦うと。
ジャンヌ　私がドレスを着るのは、すべての戦いが終わったときと心に決めております。

急にシャルルの機嫌が悪くなる。

シャルル　私にドレスを着せたければ、とっととイングランド軍を追い払え。そう言いたいのか。
ジャンヌ　いえ、そんな。
シャルル　俺は明日、国王になる。それでも不満というのだな。
ジャンヌ　誤解です。
シャルル　そうやって俺をせきたてる。お前も他の者と同じだ。早くイングランドを追い払え。早く立派な王になれ。早く、早く、早く！　もうたくさんだ！
ジャンヌ　落ち着いて下さい、シャルル様。

シャルル、ドレスを引き裂く。

シャルル　もういい、よくわかった。

立ち去るシャルル。
ボロボロになったドレスを呆然と見つめるジャンヌ。
その端切れを拾い集め出す。
と、幻影の少年が現れると、一緒にドレスの端切れを拾い出す。

ジャンヌ　手伝ってくれるの。ありがとう。

少年、ドレスを拾い手に持つ。
そして、ジャンヌに別れの手を振る。

ジャンヌ　え？

少年の顔に惜別の表情。

ジャンヌ　もう、会えないの？

少年、踵を返すと、ジャンヌに背を向けて立ち去る。

ジャンヌ　なんで？　待って！　なんで、もう会えないの？

ジャンヌの声に耳を貸さず、振り向くことなくスタスタと立ち去る少年。
と、その背後で戴冠式の準備が始まる。
豪華なドレスを着た宮廷の人々が現れる。ラ・トレムイユ、アランソン公、ラ・イール、サントライユ、ヨランド、マリーらもいる。

ジャンヌ　神よ。教えて下さい。何が起こっているのですか。

シャルルが現れると、大司教の前にひざまずく。その額に聖油を塗る大司教。

ジャンヌ　神よ、なぜ何も答えてくれないのですか。

だが、ジャンヌに光はささない。
王冠をかぶり、凛々しく立つシャルル。

シャルル　ここに誓う。この王国は、神の名のもと、この私に託されたことを。私はフランス国王シャルル七世である。

人々の歓声。

ジャンヌ　……聞こえない。神の声が聞こえない。〝声〟が聞こえなくなってしまった！

呆然とするジャンヌ。
戴冠式の歓喜の中、孤独の闇に包まれる。

――第一幕・幕――

―第二幕―　ルーアンの魔女

【第六景】パリ×ルーアン×コンピエーニュ

一四二九年九月。パリ。
攻めるジャンヌ達。ジャンヌの他、アランソン、ラ・イール、サントライユ、レイモン、ケヴィンなどが戦っている。
パリを守るはタルボットが率いる兵士達。イングランドとパリの兵士達の混成軍である。
パリの西門、サン・トノレ門を攻めるが、苦戦しているフランス軍。

タルボット　矢を射掛けよ。油を落とせ。登ってきた奴らは、みな切り伏せろ。
アランソン　みんな、ひるむな。我々にはジャンヌがついている!
サントライユ　そうだ、フランスは負けない!
ラ・イール　進め、進め!!

だが、ジャンヌの顔色は冴えない。

ジャンヌ　……倒れていく、フランスの兵士達が。でも〝声〟は聞こえない。戴冠式以来、すっかり聞こえなくなってしまった……。それでも、私は戦わなければならない……。

と、ジャンヌの回想。
そこは宮廷。
シャルルとトレムイユと話しているジャンヌ。

ジャンヌ　なぜ、兵を挙げないのですか、陛下。パリに向かって進軍しましょう。
シャルル　……。
ジャンヌ　戴冠式を終えた今、シャルル陛下こそフランスの王。イングランドの軍を海の向こうに追い払うのは、今しかない。
シャルル　余には余の考えがある。
ジャンヌ　考え。
シャルル　ああ、そうだ。戴冠して正式な国王になった以上、余には今まで以上に責任があるのだ。しゃにむに戦争すればいいというものではない。
ジャンヌ　でも。
トレムイユ　戦《いくさ》に、どれほどの金が必要か、わかるのかな、ジャンヌ。残念ながら、この間の戴冠式で王国の国庫は空っぽなのだ。
シャルル　今、ブルゴーニュ公と和平交渉をしている。うかつに戦《いくさ》を起こしては、元も子もなくなる。
ジャンヌ　ブルゴーニュ公。あの売国奴ですか。イングランドなんかについている男が、信用出来ますか。

トレムイユ　だからこそ、いいのだ。奴を寝返らせれば、イングランド同盟軍の兵は半分になり、我が軍は倍になる。ヘタな増援よりもはるかに割がいい。

ジャンヌ　和平の目途は立っているのですか。

シャルル　どうだね、ジョルジュ。

トレムイユ　密議は、拙速に動いては、失敗のもと。じっくり時間をかけなければなりません。

ジャンヌ　それまで待っていろと。神は、一刻も早くこの戦争を終わらせることを望んでいたのに。

トレムイユ　望んでいた？

ジャンヌ　（言い繕う）いいえ、今でも望んでいます。

トレムイユ　なるほど。ジャンヌ殿の言葉によれば、このあとも我々フランス軍は勝ち続けられることになりますな。なにしろ、神の意志に守られた軍隊なのですから。

シャルル　勝てるのか、ジャンヌ。

ジャンヌ　（自分の不安を追い払うように言い切る）……勝ちます。

シャルル　わかった、お前がそこまで言うなら、パリでもなんでも攻めるがいい。だが、兵の数は減らすぞ。

ジャンヌ　え。

トレムイユ　傭兵を雇うにも金はいる。これまでの半分以下になるだろうな。

ジャンヌ　そんな数の兵で。

シャルル　それでもお前ならなんとかしてくれる。そうだろう、ジャンヌ。

ジャンヌ　……はい。

シャルル　余が神に祝福された王であることを証明してみせろ。

そう言うと立ち去るシャルル。

ジャンヌ　……。（途方に暮れている）

トレムイユ　王の心変わりが、不思議かな。

ジャンヌ　え？

トレムイユ　戴冠式までは、ジャンヌジャンヌジャンヌとお前のことしか見ていなかった陛下が、なぜ、あんな態度をとるのか、不思議なのだろう。

ジャンヌ　……それは……。

トレムイユ　酔っているのだよ、王の名に。今まで屈辱と中傷の中で生きてきたお方が、ついに輝ける王冠を被ったのだ。自分の立場に酔うのも仕方がない。……だが、それもやりすぎてはいかん。そろそろ、己の分をわきまえていただかないとな。

ジャンヌの手を取るトレムイユ。

トレムイユ　我々二人が手を組めば、国王も目が覚める。仲良くしようではないか、ジャンヌ。

と、ジャンヌの右手をとると口づけするトレムイユ。

ジャンヌ　（慌てて手を引き）何をなさるのです！
トレムイユ　親愛の情を示したのだが、そんなにいやがるとは。私が嫌いかね。
ジャンヌ　……。
トレムイユ　そう顔を強ばらせるな。口で言われるよりも余計に傷つく。（と言いながら全く傷ついた風ではない）一つ聞きたい。陛下とあった途端に二人きりになっただろう。あの時、何をした。
ジャンヌ　言えません。
トレムイユ　言えないようなことかね。
ジャンヌ　神の言葉は、ただ陛下にだけお伝えするのが神のご意志です。あなたにお教えすることはできません。
トレムイユ　なるほどな。苦しくなると、すぐに神だの声だのと、芝居がかる。
ジャンヌ　芝居ではありません。

と、言いながらも今の自分が〝声〟が聞こえないことが後ろめたいジャンヌ。

トレムイユ　なあ、ジャンヌ。神の言葉をふりかざすお前と、金を用意する私。神と金、本当に陛下のためになっているのはどちらだと思う？

ジャンヌ　……あなたは、何が言いたいのですか。
トレムイユ　私がその気になれば、おまえの兵士を倍にすることもできるのだがね。
ジャンヌ　……私の兵は、神の名のもと、陛下が賜れたもの。それ以外は必要ありません。
トレムイユ　頑固な女だ。

と、トレムイユの後ろからクルパンが現れる。それに気づくトレムイユ。

トレムイユ　まあいい。では、ぜひ、我がシャルル七世のために勝利をもたらしてくれたまえ。神の名の下に。

皮肉な笑みを浮かべたトレムイユ、クルパンの話を聞くために、闇に消える。
ジャンヌの回想が終わる。
場面は戦場に戻る。ラ・イールが叫んでいる。

ラ・イール　ジャンヌ、ジャンヌ、何をしている。旗を振ってくれ。檄を飛ばしてくれ。
ジャンヌ　え、ああ。
アランソン　お前の声で、奇跡を起こしてくれ。いつものように。

自分の不安を振り払うように、大きく旗を振るジャンヌ。

ジャンヌ　進め、みんな。この門を落とそう。パリを我らの手に！
タルボット　無駄なことだ。パリの門はシャルルには決して開かん。
ジャンヌ　突撃だ！　進めーっ!!

突進するフランス軍。だが、彼らは無惨に倒れていく。

ジャンヌ　(自問する)……この戦いは、私のエゴ？　神は望んでいないの？　私の役目は戴冠式で終わったの？

暗い表情のジャンヌ。

×　　×　　×

ルーアン・ベッドフォード公とタルボットがいる。
ジャンヌのパリ突撃から数日後。

ベッドフォード　見事な戦いだったぞ、タルボット。パリをよく守った。
タルボット　ですが、ジャンヌ・ダルクは逃がしてしまいました。
ベッドフォード　まあよい。これまで連戦連勝だったジャンヌの軍に、敗北の味を教えただけでも意味はある。彼女はどうしている。

タルボット　パリから敗走しましたが、軍を整えてまたいずれかの土地に現れるでしょう。
ベッドフォード　懲りん女だ。
タルボット　そう言えば、シャルルがブルゴーニュ公に接触していると聞きましたが。
ベッドフォード　ああ、その通りだ。正式に戴冠した国王として、ブルゴーニュと和平を結ぼうとしている。
タルボット　心配ないとは思いますが、ブルゴーニュ公の動きはいかがでしょうか……。
ベッドフォード　逐一こちらに報告がある。食えぬ男だ。ぬらりくらりと返事をかわしながら、時間を稼いでいる。シャルル七世とこのベッドフォード、どちらにつくのが得か、戦局を見極めようとしているのだ。
タルボット　ならば、行く末ははっきりしている。
ベッドフォード　ああ。シャルルめ、経済的には相当苦しいようだぞ。ジャンヌ達の軍への補充もままならない。ジャンヌの奇跡も、戦う兵士達がいなければ、どうにもならんだろう。
タルボット　奇跡ではない。魔女の魔術でございます。
ベッドフォード　ああ、そうだったな。

苦笑いするベッドフォード。

×　　×　　×

コンピエーニュの町近くの丘。
ジャンヌ、レイモン、ラ・イール、アランソン、サントライユ、そしてフランスの兵達がいる。
みな、戦いの連続で鎧や衣服も汚れて、表情に疲れが見える。
奇襲に備えて最後の休息をとっている。
軍旗も、ジャンヌの横に立てかけてある。
片隅で神への告解をしているジャンヌ。
それが終わると立ち上がり、バケットを手に取る。

ジャンヌ　みんな、これを。

ジャンヌ、大きなバケットをちぎってみんなに配る。

アランソン　ありがとう。
ラ・イール　ワインもあるぞ。

パンとワインを手に取る一同。
ジャンヌを囲む男達。

サントライユ　なんだか、聖餐式《せいさんしき》みたいだな。
ジャンヌ　やめてください。これは最後の晩餐じゃない。

アランソン　確かにそうだ。これは出陣の祝いだ。この奇襲に成功すれば、敵の要塞は撃破出来る。
ラ・イール　そうすりゃコンピエーニュの町を包囲してるイングランド軍も追い払うことが出来る。
サントライユ　パリは駄目だったが、こうやって周りの町を一個一個取り戻していけば、やがて俺達の勝利になるってことか。
アランソン　コンピエーニュに我々が到着したときの、町の連中の喜びよう。すごかっただろう。全部お前の力だぞ、ジャンヌ。
ジャンヌ　そうでしょうか。
アランソン　当たり前だ。誰のおかげでシャルル陛下の戴冠式ができたと思ってるんだ。お前はイエス様じゃないかもしれない。でも、我々の女神なんだよ。
ジャンヌ　やめてください。
アランソン　……ジャンヌ。
ジャンヌ　……やめてください、私は神様じゃない。
サントライユ　でも、神の使いだ。神の声を聞く者だ。
ラ・イール　天使が見えるんだろ。聖カトリーヌ、聖マルグリット、それに大天使ミカエル様。俺からすりゃ、神様も一緒だよ。
ジャンヌ　ちがいます！

ジャンヌの様子に周りも黙り込む。その気まずい雰囲気を崩そうと、ジャンヌが口を開く。

ジャンヌ　……ケヴィン、遅いですね。
レイモン　まだ、偵察に行ったばかりだ。焦らない焦らない。
ジャンヌ　……。

ジャンヌ、剣を持つと稽古を始める。

レイモン　おいおい、どういうつもりだい。
ジャンヌ　兵士達も疲れています。私も戦います。
レイモン　やめておけ。
ジャンヌ　なぜ。女だから？
レイモン　違うよ。
ジャンヌ　ではなぜとめます。
レイモン　なんというかなあ。剣を持つって事は、人を殺める意志を持つって事じゃないか。
ジャンヌ　私は、最初からその覚悟です。でなければ一緒に戦場には来ていません。
レイモン　でもな、人を殺す意志を持つって事は、いつ殺されてもいいって覚悟を持つ事でもある。
ジャンヌ　……。（剣を見つめる）
レイモン　俺は、まだあんたに死んでもらいたくはないんだがね。
ジャンヌ　私は死にません。フランスも負けません。
レイモン　それも〝声〟のお告げかい。

ジャンヌ　え……。

レイモン　彼らはなんて言ってるね。俺達の勝利を約束してくれているのかい。

みんな自分を見ていることに気づくジャンヌ。

ジャンヌ　……約束しています。

レイモン　……。

ジャンヌ　……シャルル陛下の軍隊は勝ちます。必ず勝ちます。

レイモン　（納得はしないが話を収める）……それを聞いて安心したよ。

そこにケヴィンが血相変えて戻ってくる。

ラ・イール　おう、どうだった。

ケヴィン　まずいです。奴ら、こっちの奇襲を読んでいた。敵の方が向かってきてます。

ジャンヌ　そんな……。

と、敵の喊声が聞こえる。

アランソン　敵襲に備えろ！

兵士達、剣を持ち戦闘態勢。
そこに襲いかかる敵兵達。
ジャンヌも剣を持つ。
一気に乱戦状態になる。

ラ・イール　アランソン、こいつはちょっとやばいぞ。こっちが押されてる。

敵兵にやられる味方達。

アランソン　一旦退くぞ。コンピエーニュの町に戻って態勢を整える。サントライユ、先に行って城門を開けさせろ。

サントライユ　わかった。

駆け去るサントライユ。

アランソン　行くぞ、みんな。

剣を持っているジャンヌも戦いに加わっている。

ジャンヌ　みんな、逃げて！
レイモン　（それに気づき）ばか、なぜ、剣を持つ。

ジャンヌをかばおうと駆け寄るレイモン。ジャンヌを襲っている敵兵を斬る。

レイモン　逃げろ、ジャンヌ。
ジャンヌ　でも。
レイモン　あんたがやられたら、奇跡も何もあったもんじゃないんだよ。

が、敵は多数。レイモン、腹に剣を突き立てられる。

レイモン　ぐ！
ジャンヌ　レイモン‼
ケヴィン　おやっさん‼

ジャンヌとレイモンのそばに駆け寄ると敵兵を薙ぎ払うケヴィン。
倒れたレイモンにすがるジャンヌ。

ジャンヌ　レイモン、しっかりして。レイモン！
ケヴィン　おやっさん、俺の肩に。

レイモンを抱き上げるケヴィン。
片手でジャンヌが持っていた軍旗をつかむと歩き出す。

×　　×　　×

シャルルの宮廷。
闇に浮かび上がるシャルルとマリー。
自分の右手を見つめて、考え込んでいるシャルル。

マリー　陛下。
シャルル　ああ、マリーか。どうした。
マリー　お顔の色が優れませんが。御気分が悪いのですか。
シャルル　なんでもない。心配するな。
マリー　……ジャンヌのことでしょうか。
シャルル　え。
マリー　陛下がそうやってじっと手を眺めているときは、決まって彼女のことを考えています。
シャルル　お前の気のせいだ。
マリー　戴冠式の前も、パリ出兵の前も、そうやってじっと考えておられました。

シャルル　……。
マリー　私はあなたの妻ですよ。あなたのことを一番見て、感じて、考えております。
シャルル　マリー……。
マリー　……でも私では駄目なのですね。私では、あなたの心は埋められない。
シャルル　違う。そんなことはない。
マリー　嘘です！
シャルル　いい加減にしろ！（と怒鳴るが、すぐに冷静になり）……いけ、マリー。
マリー　陛下。
シャルル　違う。もうすぐジョルジュが来る。
マリー　ラ・トレムイユ卿が。
シャルル　ああ、だから今は行ってくれ。頼む。

マリー、立ち去ろうとするが、身を翻しシャルルにキスをする。長いキスだ。
そこに現れるトレムイユ。後ろに続くクルパン。

トレムイユ　……。

ようやくキスを終え、トレムイユを一瞥すると毅然と立ち去るマリー。

トレムイユ　……まったく、女とは不可解な生き物ですな。
シャルル　不可解なのは女だけじゃない。どいつもこいつもだ。
トレムイユ　私もですか。
シャルル　お前は特にだ。ジョルジュ。
トレムイユ　これは心外な。私ほど分かりやすい男はいない。敵にすれば百万を殺す毒薬よりも恐ろしく、味方にすれば千万の兵よりも心強い。それに比べれば、やはり女というのは、業の深い生き物です。特に皇太后、王の母親という存在は。私もすっかり振り回された。
シャルル　我が母、イザボーのことなら、もういい。
トレムイユ　確かにイザボー様はあなたの生みの親。ですが彼女だけではない。ヨランド様にも。
シャルル　……ヨランドがどうしたというのだ？
トレムイユ　ジャンヌ・ダルクのことを調べさせていただきました。
シャルル　なんだと。
トレムイユ　私は不思議でした。なぜたかが農家の娘が、見事に馬を乗りこなすのか。宮廷に来て、我々貴族の前で物怖じもせずに、陛下の前に立てたのか。
シャルル　……ジャンヌは奇跡の子だ。何の不思議もない。
トレムイユ　このクルパンを、ジャンヌの生まれ故郷ドムレミ村に送りました。クルパン、ドムレミの言い伝えをお教えしろ。
クルパン　はい。ジャンヌという娘が生まれたときの言い伝えがありました。『雄鶏たちは時ならぬ時刻に喜びの声を上げた』。

トレムイユ　ジャンヌが生まれたとき、救世主の誕生を喜んだニワトリ達は、まだ夜が明けぬ前に刻を告げた。さすがはフランスを救う女傑の誕生だ。が、別の考え方もある。明け方、不審な侵入者に気づいたニワトリたちが、眠りを妨げられ声をあげたと。
シャルル　……何が言いたい。
トレムイユ　それはこれからゆっくりと。

得心の笑みを浮かべるトレムイユ。
三人、闇に消える。

×　　×　　×

コンピエーニュの城門前。
逃げてくるジャンヌ軍。

サントライユ　来い、みんな！
アランソン　はやく、町の中に逃げ込め！
ラ・イール　急げ急げ。

と、兵隊達を城門の奥に逃げ込ませるアランソンとラ・イール、サントライユ。
そのあとに続くジャンヌ、レイモン、ケヴィン。レイモン、力が抜け崩れ落ちるように地面にひざまずく。

ジャンヌ　レイモン！
レイモン　……いい、行け。敵が追ってくる。
ジャンヌ　でも。
ケヴィン　ほら、城門までもう少しだ。がんばれよ、おやっさん。
レイモン　いけねえや。もう目が見えねえ。
ジャンヌ　そんな。
レイモン　……どじったなあ、ケヴィン。お前に偉そうなこと言っておきながら。
ケヴィン　何言ってんだよ。
ジャンヌ　ごめんなさい。私、嘘をついてた。もう、〝声〟は聞こえないの。ごめんなさい。
レイモン　……だめだ、あんたが泣いちゃあ。
ジャンヌ　でも。
レイモン　あんたは声をかけなきゃあ。「フランスが勝つ」って。
ジャンヌ　そんな〝声〟は聞こえない。神様は黙ってるの。
レイモン　神様なんかどうでもいい。俺達はあんたの声で、勝てたんだ。あんたに人を動かす力があるんだよ。
ジャンヌ　……そんな。
レイモン　だから、泣くな。あれは、あんたの力だ。
サントライユ　早く来い、ジャンヌ。

ラ・イール　敵が来るぞ。

と、城門の周りに多数の民衆が集まる。
コンピエーニュの住民達だ。
物言わぬ彼らは黙々と城門を閉じ始める。

アランソン　何をする、お前達！
ラ・イール　よせ。まだジャンヌが外に。
ケヴィン　ジャンヌ、門が、門が閉じる。
ジャンヌ　そんな。行こう、レイモン。
レイモン　……ケヴィン、ジャンヌを連れて行け。
ケヴィン　おやっさん……。
レイモン　行け、はやく。
ケヴィン　……わかった。こい、ジャンヌ！

無理矢理ジャンヌを連れて門に進むケヴィン。その時に軍旗を落とす。
と、追いついてきた敵兵が、倒れていたレイモンに襲いかかる。
悲鳴を上げるレイモン。

ジャンヌ　レイモン！

ケヴィンの手をふりほどき、レイモンの方に走るジャンヌ。

ケヴィン　やめろ、ジャンヌ！

だが、すでにケヴィンは門の内側。民衆の中にもみくちゃになって、外には向かえない。

アランソン　やめろ、お前達。門を閉じるな！
ラ・イール　まだ、ジャンヌが、ジャンヌが外に！
サントライユ　やめろと言ってるだろう！

アランソンとラ・イールも抵抗するが民衆達には抗えない。
レイモンに駆け寄るジャンヌ。
倒れているレイモン、既に息絶えている。

ジャンヌ　レイモン、ごめんなさい、ごめんなさい……。

キッと敵兵をにらみつけるジャンヌ。

怒りにまかせて、剣を取ると敵兵に襲いかかる。敵兵を気迫で圧倒する。

アランソン　よせ、ジャンヌ。はやく戻ってこい！

ラ・イール　門を閉じるな。やめろと言うに！

ケヴィン　お前達、そんなに自分の命が大切か。お前達を救いに来たジャンヌを見捨てても、この町を守るのか！

ケヴィンの叫びも民衆には届かない。

無情にも閉じる城門。その閉じた音が響き渡る。ジャンヌは、まだ戦っている。

だがまだ人を殺してはいない。ジャンヌの剣に倒れる一人の敵兵。とどめをさそうと剣を振り上げる。脅える敵兵。

が、一歩進んだジャンヌの足が、倒れていたレイモンに当たる。まるで彼女を諌《いさ》めるように。

当たったのが、レイモンの遺体だということに気づくジャンヌ。

そこで我に返る。

目の前にいるのは彼女に脅えて、しゃがみ込んだ敵兵。

ジャンヌ　……。

ジャンヌ、剣を投げ捨てると落ちている軍旗を拾い、大きく掲げる。

ジャンヌ　コンピエーニュの人々よ、聞くがいい。今、私が敗れようと、最後に勝つのはフランスだ。

と、敵兵の一人がジャンヌを殴る。

だが、ジャンヌは言葉を続ける。

ジャンヌ　必ずフランスの王が、この地から敵を追い払う。だから、あきらめるな。今、守った命を明日につなげ。

敵兵に殴られ姿勢を崩しながらも、言葉を続けるジャンヌ。

ジャンヌ　イングランドは、いずれ大きなものを失う。

敵兵をにらみつけるジャンヌ。

が、そこで気力が尽きてゆっくりと倒れる。気絶したのだ。

アランソン、ラ・イール、サントライユ、ケヴィン、城壁の物見台に上りその様子を見る。

ケヴィン　ジャンヌ！　ジャンヌ!!

敵兵達、気絶したジャンヌとレイモンの死骸を運んでいく。

ケヴィン　ジャンヌ!!

飛び降りて後を追おうとするケヴィンを止めるラ・イールとアランソン、サントライユ。

サントライユ　待て、ケヴィン。ジャンヌなら大丈夫だ。殺されはしない。

アランソン　奴らはブルゴーニュ公の兵隊だ。身代金さえ払えば、釈放してくれる。この俺のようにな。だから、心配するな。

ケヴィンの身体から力が抜ける。

ケヴィン　……おやっさん……。

膝を突くケヴィン。

――暗転――

【第七景】シャルルの宮廷

ロワール河地域のとある城。
今は、ここがシャルル七世の宮廷だ。
玉座に座るシャルル七世。その横にラ・トレムイユ、マリー、ヨランドがいる。
シャルル、愕然とした表情。

シャルル　……本当か。本当にジャンヌが捕まったのか。
ヨランド　ええ。アランソン公からの知らせです。彼女はコンピエーニュの町で、敵の捕虜になったと。
トレムイユ　コンピエーニュの町か。捕まえたのはブルゴーニュ公の兵ですな。
ヨランド　ええ。
マリー　身代金を用意をしましょう。イングランドの手に渡らないうちに、ジャンヌを解放してあげないと。ベッドフォード達イングランドの手に渡れば、ジャンヌは宗教裁判にかけられてしまう。
シャルル　……。

マリー　陛下。
トレムイユ　それは無理な話ですな。
ヨランド　ラ・トレムイユ卿。
トレムイユ　そんな金がどこにあります。戴冠式、数々の戦闘、ブルゴーニュ公との和平交渉のための資金。フランスの国庫には金の卵を産むガチョウでもいるというのですか。
マリー　ジャンヌの命がかかっているのですよ。
トレムイユ　我々の運命もかかっている。それとも何ですか、ジャンヌは何か特別な存在とでも言うのですか。
ヨランド　……そうね。特別でしょう。彼女がいなければオルレアンの解放も陛下の戴冠式もできなかった。
トレムイユ　それだけですか？
ヨランド　それだけで充分でしょう。
トレムイユ　残念ながら、私にはそうは思えない。
ヨランド　彼女の働きに不満がありまして。
トレムイユ　彼女の功績ではない。あなた方の態度のことです。
ヨランド　私達がなんだというのです。
トレムイユ　ただの家臣への態度にしては、熱心すぎるかと。
ヨランド　彼女の働きを考えれば当然です。
トレムイユ　本当にそれだけですか。

ヨランド　しつこい方ですね。
トレムイユ　……私にはまるで肉親もしくはそれに近い人間に対する態度のように思えますが……。
ヨランド　馬鹿馬鹿しい。あなたの思い込みです。
トレムイユ　ヨランド様、あなたがドムレミ村を訪れていたことはわかっている。
ヨランド　……え。

マリーも固まる。

トレムイユ　そう、ジャンヌが生まれ育ったあの村に、もう何年も前から何度も。
ヨランド　それは……。

と、反論しようとするヨランドをシャルルが制する。

シャルル　もういい、義母上《ははうえ》。彼は知っている。ジャンヌの秘密を。
ヨランド　陛下……。
シャルル　ああ、そうだ。すべて見抜かれているのだ。誤魔化しても無駄だ。
マリー　……母上。
ヨランド　……。
トレムイユ　ジャンヌが生まれたのと同じ頃、イザボー王妃は、シャルル様の弟であるフィリップ王子を生んでいる。この王子はすぐに死んだと記録には残されているが、もしその赤ん坊が生きていたら。しかもその子が女の子だったとしたら。パリは危険だと、辺境のドムレミ村まで運ばれ、そこで正体を秘して育てられた。確か、あの周辺はあなた方アンジュー家に縁の深い土地でしたな、ヨランド様。助け船を出されたのはあなた方か。

ヨランド　聞かなくてもわかっているのでしょう。

トレムイユ　なるほど。では、イングランド兵から彼女を護り、村から救い出すために傭兵を差し向けたのもあなたの仕業ですな。レイモンとケヴィンとかいいましたか。そして、彼らにジャンヌの奇跡を演出させた。

シャルル　お前達はその事を知っていながら、何一つ私には教えなかった。まんまとジャンヌの奇跡を信じた私は、さぞや滑稽なことだったろうよ！

ヨランド　それは違う。

トレムイユ　ほう。

ヨランド　それだけは違います。信じて下さい。……確かに、生まれたばかりの赤ん坊を、ドムレミ村で育てさせたのは、私の考え。あの村もイングランドに侵攻されて、ジャンヌ救出のため、傭兵を雇ったわ。でも、まさか彼女が神の啓示を受けているとは、思ってもいなかった。

マリー　本当です。彼女がオルレアンを解放すると言った時、私達も驚いた。藁にもすがる思いで、彼女の武運を祈ったのです。

シャルル　……。（彼女の言葉が嘘とは思えない）

ヨランド　陛下は、いつ気づかれたのですか。ジャンヌの素性に。
シャルル　初めてあったときだ。あの手を見たときからな。
マリー　手？
シャルル　ジャンヌの手には特徴があった、人差し指と中指の長さは同じなのだ。わが母イザボーと同じように。そうだ、ジャンヌは私の妹だ。私達は血を分けた兄妹《きょうだい》なのだ。
ヨランド　……。

と、舞台上に囚われの身のジャンヌが姿を現す。鎧は奪われたのか、男物の下着姿だ。
そこはジャン・ド・リュクサンブールの居城、ヴォールボワール城の牢獄。
リュクサンブールはブルゴーニュ公の配下である。
一人儚げにうずくまるジャンヌ。
それにかまわずシャルル達の会話は続く。

シャルル　最初は、本当に神の使いに思えたよ。自分の血を分けた妹が、私を見つけてくれた。何者でもない自分を、王と認めてくれた。こんな嬉しいことがあるか。だが、次第にわからなくなった。
マリー　何がです。
シャルル　ジャンヌの気持ちだ。最初は、私に遠慮して出自を黙っているのだろうと思った。戴冠式になれば、きっと名乗ってくれるのだろうと。だが、違った。彼女はまだ戦うと言った。

その時気づいた。私の為じゃない。彼女は神のために戦っていたんだ。だったら私はなんだ。神の走狗か。結局、彼女も私を見ていなかったのだ。

ヨランド　……彼女は自分が王家の血族であることを知りません。今でも知らないでしょう。ただ、自分の信じるもののために戦った。

マリー　でも、だったらなおのこと、彼女を助けるべきではないのでしょうか。実の妹を見殺しにすることは、王にとって好ましいとは思えない。

トレムイユ　それは逆ですな。

マリー　なぜ。

トレムイユ　シャルル陛下の王の座は、神の使いであるジャンヌがもたらしたものだからこそ、揺るぎないものになる。だが、もし彼女が生き延びて、その出自が明らかになってみなさい。妹が兄を助ける。それだけの話になる。奇跡の娘でも何でもない、ただの身内話だ。しかもイザボーの不義の娘だ。父親は恐らく先の王シャルル六世の弟、オルレアン公ルイ様ですな。

ヨランド　……。（沈黙による肯定）

トレムイユ　そんなことが表沙汰になると、へたをすれば、シャルル陛下も不義の子だという噂が再燃しかねない。大枚をはたいて彼女を助け出して、自らの地位をおとすなどという羽目になるなど愚の骨頂だ。

マリー　ジャンヌが魔女になってもですか。

トレムイユ　それこそ、好都合です。イングランドはジャンヌの神秘の力を畏れて、魔女に仕立て上げた。イングランドが魔女だ魔女だと声高に言えば言うほど、フランスの民はジャンヌが神の使いであると信じるのですよ。

マリー　そんな。陛下。陛下もそうお思いですか。

シャルル　……ジャンヌを救うことは、私にはできない。

マリー　……ひどい。

ヨランド　落ち着きなさい、マリー。

マリー　お母様。

ヨランド　残念ですが、ここはラ・トレムイユ卿が正しい。

マリー　……そんな。

トレムイユ　これはこれは。さすがはヨランド様。道理がおわかりになる。

一方、うずくまっているジャンヌの前にコーション司教が現れる。

コーション　立ちなさい、ジャンヌ。

ジャンヌ　……あなたは、フランス人？

コーション　ああ、そうだ。

ジャンヌ　よかった。じゃあ、陛下が身代金を。

コーション　……違うんだよ。私はパリ大学の者だ。

ジャンヌ　パリ……。

コーション　そうだ。君が攻めたパリの者だ。君はルーアンに移送される。

ジャンヌ　ルーアン？　あそこはイングランドの支配！　……陛下は、私を見捨てたのですか。

コーション　それは私にはわからんよ。ただ言えるのは、君を熱心に欲していたのは、シャルル七世ではなくベッドフォード公だったということだ。君を買ったのは、イングランドだ。

ジャンヌ　……神よ。なぜ、何も言ってくれないのです。なぜ黙っているのです。

虚空を見るジャンヌ。

シャルル　ジャンヌは死ななければならない。魔女として。

トレムイユ　そう。シャルル陛下の王位を存続させるためにはそれしかない。

ジャンヌ　……わかりました。私は一人で戦います。その沈黙に意味があると信じて。

ジャンヌ、踵を返して闇に向かって歩いていく。

シャルルとトレムイユ、マリーも去る。

一人残るヨランド。

と、ケヴィンが真っ青な顔で脅えている。

ケヴィン　なぜ、俺にそんなジャンヌの秘密を。俺はただの傭兵です。そんな大それた事を知る身分じゃない。

ヨランド　ただの傭兵だから知って欲しかった。

ケヴィン　え。

ヨランド　……彼女に一番近いところにいたのは、あなたとレイモンだったから。ずっと一緒に戦って、彼女の奇跡を手助けして。本当の彼女に触れていたあなた達に、知っておいてもらいたかった。私達、宮廷の人間は権力争いに汲々として、自分で自分を縛ってしまうから。

ケヴィン　ヨランド様……。

ヨランド　ジャンヌを助けたい、それも私の本心。でもジャンヌが魔女として裁かれた方がいい。ラ・トレムイユの意見を支持したのも、私の本心。王族なんてのも、厄介なものね。

ケヴィン　……。

ヨランド、金貨入りの袋を渡す。

ヨランド　レイモンの弔いにでも使って。あとはあなたの好きにしていい。

ケヴィン　でも、こんな大金……。

ヨランド　それだけあれば、女一人くらいどこかの田舎で養うこともできるでしょう。都の人間など誰も来ないような田舎で……。

ケヴィン　ヨランド様……。

それ以上は何も言わずに立ち去るヨランド。

ケヴィン、金貨の袋を持って呆然と立ちつくす。

――暗転――

【第八景】ルーアン×シャルルの宮廷

暗闇の中に一人佇む男装のジャンヌ。
孤独の闇が彼女を包む。
ゆっくり周りが明るくなる。
そこはルーアン城の中の小さな礼拝堂。
一四三一年二月、ジャンヌの異端審問が始まったのだ。
そこには、パリ大学の学僧達がずらりと並んでいる。
待っているコーション。傍聴席にはベッドフォードとタルボットもいる。
ジャンヌをののしる学僧達。

学僧1　魔女だ。
学僧2　異端者だ。
学僧3　パリを責めた女だぞ。
学僧4　火あぶりだ。
学僧5　そうだ、魔女は死刑だ。

ベッドフォード　あの娘は誰だ。まさか、あれがジャンヌ・ダルクだなどというのではないだろうな。
タルボット　いいえ、あれこそがジャンヌです。
ベッドフォード　ばかな。見ろ、あの腕を。枯れ木のような腕を。あの腕で軍旗を振ったのか。見ろ、あの唇を。カサカサに乾きひび割れた唇を。あの唇で神の言葉を告げたというのか。
タルボット　はい。
ベッドフォード　では、あんなか細い娘に、我々イングランドの軍隊は煮え湯をのまされたというのだな。
タルボット　ベッドフォード様、何を狼狽されているのですか。
ベッドフォード　……私に、ピラトになれというのか。
コーション　ご冗談を、殿下。神は我らとともにある。なぜあなたが、イエスを処罰した男と比べられますか。
ベッドフォード　（タルボットに）ジャンヌは一人か。弁護士はどうした。
タルボット　おりません。
ベッドフォード　それは宗教裁判の慣例に反するぞ。
タルボット　……殿下、この裁判はすみやかに行わなければならないのです。
ベッドフォード　イングランドの名誉を穢してもか。
タルボット　（小声で）裁いているのはパリ大学です。イングランドではありません。なに、あんな小娘一人、すぐに決着がつきますよ。

と、コーションがおもむろに口を開く。

コーション　ジャンヌ・ダルク、宣誓を。

ジャンヌ　宣誓？

コーション　聖書に手を置きたまえ。信仰の問題について、質問されたことに真実のみを述べると誓うのです。

ジャンヌ　……お断りします。

コーション　……今、何と言った。

ジャンヌ　お断りします。あなたが何を問われるか分からないのに、すべてに答えると誓うわけにはいきません。

コーション　お前が、教会について知っていること、神の教えについて知っていること全てについて答えればよいのだ。

ジャンヌ　それはできません。

コーション　なぜ。

ジャンヌ　私は、神の啓示を受けた身です。

コーション　ならば聖書に誓えるだろう。それは神の言葉が書かれた書物だ。

ジャンヌ　神が私に伝えた言葉は、シャルル七世国王陛下にだけしか教えてはならぬと仰いました。私は、その神の言葉に従わねばなりません。聖書よりも神様の方が偉いのは当たり前のことでしょう。

コーション　なるほど。神は聖書を裁くことができるが、聖書が神を裁くことができないという論法か。
タルボット　何を納得している、司教。
コーション　彼女が言っていることは真理です。だが、大きな問題がある。果たして君が聞いた声は、本当に神の声なのかね、ジャンヌ。
ジャンヌ　ええ、間違いありません。
コーション　それはどうかな。その真実を暴くのが、この法廷の目的だ。君が聞いたのが本当に神か、それとも悪魔か。
ジャンヌ　そんな。私は正しい信仰を持つ者です。
コーション　残念ながら悪魔に憑かれた者も、そういうのだよ。
ジャンヌ　おかしいですね。では、司教は神を信仰する者の言葉と、悪魔に憑かれた者の言葉を聞き間違うというのですか。
コーション　……。

ジャンヌの切り返しの鋭さに、言葉を選ぶコーション。

コーション　……どうやら我々の話し合いは時間をかけた方がよいようだね。
ジャンヌ　司教様におまかせします。神が人にあたえたもうたのは、神の言葉を理解する知性です。時間をかければ、どんな人にも必ず神の言葉は伝わるものです。

コーション　では、ジャンヌ。お前は、この裁判が終わるまで、ルーアン城の牢から出ることは許さない。もしそれを破った場合は、自ら異端の罪を認めたものとするぞ。
ジャンヌ　それは承諾出来ません。
コーション　なに。
ジャンヌ　神は、イングランドからフランスを守れと仰った。ここから逃げることは、神の御心に沿うことです。
コーション　それが悪魔の囁きでないとなぜ言える。
ジャンヌ　私が悪魔と契約していないことは、私の身体を調べればすぐに分かることです。あなた方は、なぜそれを行わないのですか。
ベッドフォード　……コーション司教。
コーション　はい。
ベッドフォード　その娘を処女検査にかけたまえ。
タルボット　……しかし。
ベッドフォード　弁護人もつけない。処女検査もしない。それで魔女の判決を出そうものなら、笑われるのはパリ大学だぞ。
コーション　心得ております。ベッドフォード公のお言葉ならば仕方がない。今日はここまでだ。明日、ジャンヌの処女検査を行う。
タルボット　衛兵、彼女を牢へ。逃がさぬように、しっかりと足に鎖をつけろよ。

衛兵、ジャンヌを連れ去る。
学僧達、その背中に「魔女め」「死刑になれ」などとヤジを飛ばす。

ベッドフォード　驚いたな。あの娘の戦争は終わっていないぞ。たった一人でも戦いを挑んできている。あの強靭な精神はどこから来るというのだ……。

コーション　誤った信仰に囚われる者ほど、頑《かたく》なになります。それこそが異端の証かと。

タルボット　コーション司教。必ずジャンヌを死刑にするのだぞ。奴はこれまで我らが同胞を何人も殺してきた女だ。

コーション　それは関係ありませんな。

タルボット　なに。

コーション　彼女がイングランドの兵士を何人殺そうが、それは我々神学者には関係のないこと。これはあくまで学問上の問題なのです。

タルボット　我々の同胞が流した血を関係ないというのか。

コーション　勘違いなさるな、将軍。ここで行われているのは戦争裁判ではない。異端審問なのです。

タルボット　しかし……。

ベッドフォード　まあ、よせ、将軍。

タルボット　殿下。

ベッドフォード　何か考えがあるのだな、司教。

コーション　明日は神の恩寵について尋ねます。
タルボット　恩寵？
ベッドフォード　神の恵みか。
コーション　ええ。神の恵みを受けているかどうか、それは人間には知り得ない。それが我々、神学者の見解です。
タルボット　と、いうことは。
コーション　ジャンヌが恩寵を受けていると答えても、受けていないと答えても、彼女は教会の教えに反し、罪を犯したことになる。
ベッドフォード　なるほど。その質問は罠か。学者というのは底意地の悪いものだな。
コーション　神の意志を知るために、どれだけの学者がこれまで研究を重ねてきたとお思いか。そんなに簡単に、神の啓示が聞こえるわけがない。

牢に戻るジャンヌ。
足に鎖がつながれる。
衛兵が立ち去ると神に祈るジャンヌ。

ジャンヌ　……主よ。私が奪った魂と、私のために散っていた魂に永遠《とわ》の休息を。そしてこのか弱き魂に力をお与え下さい。

天を仰ぐジャンヌ。

ジャンヌ　……あなたは、まだ何も答えてはくれないのですね。

その身体は法廷とは違い、年相応に幼く不安げに見える。

闇に沈むジャンヌ。

一方、シャルルの宮廷。

シャルルとトレムイユに詰め寄っているアランソン、ラ・イール、サントライユ。

アランソン　それでは、どうしてもジャンヌ救出の兵は出せぬと。

トレムイユ　ああ、そうだ。何度言ったらおわかりになる。

ラ・イール　身代金は出せぬ、救援にはゆけぬでは、残った我々の立つ瀬がないぞ。

サントライユ　ジャンヌは、異端審問の場でも、神学者達を相手に堂々と反論をしているとか。彼女も戦っているのだ。

シャルル　もういい、黙れ！　黙れ、お前達‼

三人、黙る。

シャルル　……ジャンヌが戦っているのは、私が一番よく知っている。くだらないことを言っていないで戦場へ戻れ。お前達の仕事は、宮廷で私に不平を言うことか。

アランソン　陛下！

トレムイユ　いい加減にしなさい、アランソン公。敵はまだ進軍している。シャルル陛下の王冠を再びイングランドに奪われたいのか。それではジャンヌの苦労も水の泡ではないのかな。

アランソン　く……。

シャルル　行け。

しぶしぶ去るアランソン、ラ・イール、サントライユ。

シャルル　……一人にしてくれないか、ジョルジュ。

トレムイユ　見事なご判断でした。陛下。

シャルル　ああ。（と、うつろに微笑む）

トレムイユも一礼し立ち去る。
と、暗闇でうずくまっていたジャンヌが立ち上がる。再び、裁判が始まるのだ。
そのジャンヌの方向を見ているシャルル。後ろからマリーが現れる。
シャルルの後ろに立つマリー。その手を握るシャルル。マリー、背後からシャルルを抱きしめる。
シャルルとマリー、闇に消える。

再び ルーアンの法廷。
コーションの審問は続く。

コーション　ジャンヌ、確かにお前が純然たる処女であることは確認された。
ジャンヌ　では、魔女の疑いは晴れたということですね。
コーション　だが、神の声を聞いたかどうかの証明にはならない。お前が育ったドムレミ村には、妖精の木と呼ばれる大木があるそうだね。
ジャンヌ　ええ。
コーション　今でも若い男や女がその木の下に集まり、歌を歌ったり踊ったりするとか。お前も行ったことはあるのだろう。
ジャンヌ　少し前までは。日々の暮らしの、わずかな息抜きです。
コーション　そこで、お前は妖精の声を聞いた。
ジャンヌ　違います。
コーション　悪戯好きの妖精は、若い娘によく囁きかけると聞く。分別のない娘には、時にそれが神の声と聞こえるそうだ。
ジャンヌ　あれが、妖精ならばどんなに楽だったでしょう。ですが、あれは神の声でした。だから、私は生まれ故郷を捨てて、イングランドと戦うことを運命と悟ったのです。
コーション　すべては神の意志だと、お前は言うのだね。
ジャンヌ　はい。

コーション　つまり、お前は神の恩寵を受けている。そういうことかな。
ジャンヌ　……。

周りの神学者達、タルボットとベッドフォードも、その答えを待つ。

ジャンヌ　それは……。
コーション　どうしたね。

胸の前で手を組み、神に祈る形になるジャンヌ。

ジャンヌ　もしも私が恩寵を受けていないのならば、神がそれを与えて下さいますように。もしも恩寵を受けているならば、いつまでもそのままでありますように。私はそう願います。

と、神に祈るジャンヌ。
周りの学僧達、失望のためいき。
タルボット、ベッドフォードを見る。ベッドフォード、これでは罪には落とせないと首を横に振る。

ジャンヌ　（顔を上げると）私はいつ教会に行けるのでしょうか。

コーション　ん？
ジャンヌ　私に告解《こっかい》の機会は与えられないのでしょうか。懺悔《ざんげ》をしたいのですが。
コーション　それは聞けぬな。
ジャンヌ　なぜ。
コーション　お前が自分の罪を認めれば、許してやろう。
ジャンヌ　私の罪？
コーション　そうだ。お前は、神の声をきいたなどという偽りを述べている。
ジャンヌ　いいえ、あれは確かに神の声でした。
コーション　それがおかしい。教会に無断で神の声が聞こえてはならない。本来、神の声は教会の屋根の下で、聖職者を介してしか伝わらないものなのだ。
ジャンヌ　だとしたら、私よりも先に、なぜあなた方に声が聞こえないのですか。神の声に耳を傾けていないのは、あなた方ではないのですか。あなた方の信仰心が、足りていないのではないですか。
コーション　……。

一同も、気を呑まれる。

タルボット　大丈夫なのか、司教。ジャンヌに手玉にとられているぞ。
ベッドフォード　タルボット、落ち着け。

コーション　ジャンヌ、お前はなぜ男の服を着ている。女が男の服を着ることは教会の教えで禁じられているぞ。

ジャンヌ　でも戦うには男の服でなければ。馬に乗ることもできません。

コーション　女が戦う必要はない。

ジャンヌ　神は私に戦えと言った。

コーション　教会の教えに反してもか。

ジャンヌ　神の声に反することは出来ません。

コーション　そう言いはる限り、お前は教会の外に置かれることになるぞ。

ジャンヌ　かまいません。教会の外になろうとも、神の慈悲の内にいられるなら。

コーション、その言葉をかみしめる。

コーション　……ジャンヌ、お前の言葉がお前を異端にした。

ジャンヌ　なぜですか。

コーション　教会の外にいる者、それを異端と呼ぶのだよ。

ジャンヌ　そんな……。

と、ジャンヌの身体から力が抜け、崩れ倒れる。

タルボット　どうした！

ベッドフォードが駆け寄り、ジャンヌを抱き起こす。

ベッドフォード　……すごい熱だ。
ジャンヌ　……お願いです。私に告解を。教会に連れて行ってください……。

「どうする？」とコーションを見るベッドフォード。かぶりをふるコーション。

ベッドフォード　……牢に戻せ。

衛兵が気絶したジャンヌを連れて行く。

ベッドフォード　……（コーションに）病をおしてあなたと渡り合っていたというわけだ。あんなか細い身体で、たいした気力だな。
コーション　だからこそ、恐ろしい。どうやら考えを改ためねばなりません。彼女は神の使いでも魔女でもない。ただの人間になってもらわなければ。
ベッドフォード　どういうことだ……。

が、コーション、ベッドフォードの疑問には答えずに、立ち去る。

——暗転——

【第九景】シャルルの宮廷×ルーアン

シャルルの宮廷。夜。廊下。
旅仕度をしてそっと出て行こうとしているケヴィン。
それを止めるアランソンとラ・イール、サントライユ。

ラ・イール　待てよ、ケヴィン。
アランソン　どこへ行く。
ケヴィン　公爵様達には関係のないことです。私は傭兵。仕事が終われば、どこへ行こうと私の勝手。
アランソン　行く先はルーアンか。
サントライユ　ジャンヌを助け出しに行こうっていうのか。
ケヴィン　……。
ラ・イール　何、驚いてるんだ。そのくらい誰でも考えるさ。
ケヴィン　もう捕らえられて一年になる。最近は身体も病んでいるという噂も聞く。彼女を助けるなら今しかない。止めても無駄ですよ。
アランソン　誰が止めるか。

ケヴィン　公爵。
アランソン　そうだ。私は公爵だ。勝手なふるまいはできない。お前のように自由に動ければ、どんなにいいかと思うよ。
サントライユ　我々は傭兵だが、お前のように身軽じゃない。部下もいれば家族もいる。
ラ・イール　だから、お前に託す。必ずジャンヌを救い出せ。

と、そこに現れるヨランド。

ヨランド　こんな夜中に何の密談ですか。
ケヴィン　ヨランド様。
アランソン　いや、このケヴィンがいとまごいを。
ヨランド　いとまごい？
ケヴィン　申し訳ありません。傭兵からは足を洗います。
ヨランド　そうなの。
ラ・イール　いつまでも引き留めておくわけにもいかんでしょう。さ、ケヴィン、ヨランド様に別れの挨拶をしろ。
サントライユ　さあ、いけ。
ケヴィン　じゃあ。

そそくさと立ち去ろうとするケヴィンに声をかけるヨランド。

ヨランド　旅に出るのなら、これを持って行きなさい。

と、地図を出す。

アランソン　それは？
ヨランド　あれば、きっと役に立つわ。ルーアンの地図よ。
サントライユ　ルーアン？
ラ・イール　ヨランド様、では。
ヨランド　（ラ・イールにうなずき）それと、彼女に無事に会えたらこれを。（と、一通の手紙を出す）
ケヴィン　手紙、ですか。
ヨランド　彼女にだけ見せるように。他の者の手に渡るようなときは処分して下さい。
ケヴィン　はい。（と受け取る）
ヨランド　但し、彼女を宮廷に戻してはなりません。ジャンヌが何を言おうと、余計なことを言ってはなりません。
ケヴィン　……わかりました。
アランソン　よし、ラ・イール、サントライユ。私達も出陣するぞ。但し、ジャンヌ救出の動きがあると噂をばらまく。

ラ・イール　おう。イングランド軍の目をこちらに引きつけるわけだな。

アランソン　ケヴィン。我々はシャルル陛下の正規軍だ。勝手な振る舞いはできないが、それでもできることをやる。

ケヴィン　ありがとうございます。では。

サントライユ　ああ。我々も。

ラ・イール　頼んだぞ、ケヴィン。

ケヴィン　はい。

駆け去る三人。
その後ろ姿を見送るヨランド。

ヨランド　これでよろしいのですか。

と、闇から現れるシャルル。

シャルル　ありがとう、義母上。……王とは不自由なものだな。己の感情で動ける彼らがうらやましくなる。

ヨランド　陛下も、その気になれば、不可能ではありませんよ。

シャルル　え。……いや、私には無理だ。王冠ひとつ頭にのせただけで身動きがとれなくなる。

ケヴィンが駆けていった闇を見つめるシャルル。

×　×　×　×

多数の兵士達が蠢いている。
その中央に立つジャンヌ。
兵士達は、ジャンヌに怒りの目をむけて、「傷が痛い」「死にたくない」「苦しい」などとうめいている。

ジャンヌ　あなた達は……。あたしのせいで死んだ人達……。

その中にいるレイモン。

ジャンヌ　レイモン、あなたまで。ごめんなさい、みんな。本当にごめんなさい。

レイモン、哀しげな目で消えていく。

ジャンヌ　待って。レイモン。

と、追おうとするが立ちはだかる兵士達。

ジャンヌ　え。

兵士達、口々に「火あぶりだ」「ジャンヌを火にかけろ」「魔女を焼き殺せ」などという。
人垣が分かれるとそこに火刑台。

ジャンヌ　あれは！

兵士達に連れて行かれるジャンヌ。

ジャンヌ　待って。私はただ〝声〟に従っただけ。それなのになぜそんなに責めるの。わからない。

抵抗するが、火刑台の上に押し上げられるジャンヌ。

ジャンヌ　主よ。まだ沈黙なさるのですか。私はこのまま、火あぶりになるのですか。では、私の戦いの意味はなんだったのです。多くの死んでいった人々に憎まれ、これから生きる人々に魔女と蔑《さげす》まれる。それが私の運命だったのですか。まだ、私は……私は死にたくない。

そこにコーションの声が響く。

コーション　ジャンヌ、ジャンヌ！

その声と同時に人々は、敗残兵から見物客に変わる。
そこはルーアンの広場。
火刑台に立つジャンヌ。
その前で、彼女に話しかけているコーション。ベッドフォードとタルボットもいる。

コーション　何をボンヤリしている、ジャンヌ。
ジャンヌ　ここは……。
コーション　そうだ、火刑台だ。お前の刑は確定した。
ジャンヌ　私の罪は何なのですか。
コーション　決まっている。お前は魔女だ。悪魔の囁きを神の声とたばかり、多くの人心を混乱させた。神と天使の権威を騙り、教会の上に自分を置き、その誤った予言を真実と思いこませた。教会とそれを信じる民衆を愚弄したのだ。その罪は、決して許されるものではない。よって教会を破門し、火あぶりの刑にする。
ジャンヌ　違う。あれは神の声です。神は私に、イングランドをフランスの地から追放するように告げた。
タルボット　この期に及んで、まだそのようなことを。

ベッドフォード　いいか、ジャンヌ。お前がそう言いはる限り、私達はお前を許すことはできない。
ジャンヌ　お願いします。告解を、懺悔をさせて下さい。
コーション　お前が今までの罪を認めれば、教会に連れて行こう。我々は、お前が神の使いでなければいいのだ。シャルルの王冠をさずけたのが神でなければいい。お前が今まで聞いた神の声は作り話だったこと。今までの罪を認め、今後は法廷の判断にすべて従うことを認め、男の服を脱いでドレスに着替えろ。そうすれば、火あぶりの刑は、免じてやろう。
タルボット　司教、ジャンヌは死刑にするのではないのか。
コーション　（タルボットの声は無視して）さあ、どうするね、ジャンヌ。ここにある誓約書にお前がサインすれば、死刑は免れる。牢屋も城内ではなく、教会の牢にしてやる。告解も、すきなだけさせてやる。神と教会の庇護のもとに戻れるのだ。

と、誓約書を出すコーション。

ベッドフォード　そんなことができるのか。
コーション　異端が全て死刑というわけではありません。改悛すれば慈悲もある。それが神の御心かと。
ベッドフォード　なるほど……。（と、ちょっと安堵した風）
タルボット　殿下。それでいいのですか。

と、周りの人々が叫ぶ。

市民1　何を言う。ジャンヌは魔女だ。
市民2　魔女は火あぶりだ！
市民3　火あぶりにしろ、その女は死刑だ‼

当惑するジャンヌ。

ベッドフォード　ジャンヌ、早く罪を認めろ！　早く！

黙っているジャンヌ。

コーション　……仕方ない。たいまつを！

兵士の一人がたいまつを持ってくる。

ジャンヌ　待って。……待って下さい。

ジャンヌを見つめるコーション。

ジャンヌ　……罪を認めます。
コーション　お前が聞いたのは神の声ではない。そういうのだな。
ジャンヌ　……はい。
コーション　それでいい。さ、ここにサインを。

ジャンヌに、半ば強引にサインさせるコーション。

コーション　よし。火あぶりは中止だ。

聴衆達に誓約書を掲げるコーション。

コーション　聞け、ルーアンの市民達よ。ジャンヌは、己の罪を認めた。神の使いでも魔女でもない。ただの人間だ。あやまちを犯す愚かな一個の人間に過ぎない。教会のもとに生きる哀れな女に過ぎない。さあ、ジャンヌを牢に戻せ。女物の服を用意して、着替えさせろ。今後、二度と男の服を着てはならん。

ガックリと力が抜けたジャンヌを、牢に戻す兵士。

タルボット　裏切ったな、コーション。ジャンヌを死刑にするのが国王のご命令だったはずだ。
コーション　わかっておりますよ。

と、兵士の一人がコーションに聞く。

兵士　司教様、火刑台は取り壊しますか。
コーション　いや、いい。しばらくそのままにしておけ。
兵士　は。

立ち去る兵士。

ベッドフォード　どういうことだ。
コーション　すぐに使うことになりますから。
ベッドフォード　お前、何を。
コーション　なぜシャルル七世はジャンヌを助けようとしないと思いますか。彼らもジャンヌが魔女として死ぬことを望んでいるのです。
タルボット　なんだと。
コーション　我々がジャンヌを異端と認定し火あぶりにすれば、それは逆宣伝になる。イングランドが神の使いを畏れて、無理矢理魔女に仕立て上げた。シャルル達はそう言い出すに決まっています。そしてフランスの国民は、それを信じる。だから、彼女を人間に戻さなければならない。
ベッドフォード　そのために改悛させたというのか。
コーション　あのジャンヌでも、命惜しさのために信念を捨てる。ただのか弱い女にすぎない。そのことを世間に知らしめるのが大事だったのですよ。
タルボット　しかし、どうやって火あぶりにする。
コーション　心配ない。一晩あれば気持ちも変わる。いや、変えて見せましょう。

立ち去る三人。
群衆達も立ち去る。
と、そこに立つケヴィン。群衆の中にまぎれていたのだ。決意の目で駆け去る。

×　　×　　×

もとの牢獄。
連れてこられるジャンヌの顔色が青ざめる。

ジャンヌ　……ここは、元の牢獄。教会じゃない。約束が違う。告解を、告解をさせて下さい！
衛兵　いいから入れ。

と、押し込められるジャンヌ。

ジャンヌ　いやだ、出して！

抵抗するジャンヌを殴り倒す衛兵。

衛兵　これを着ろ。

女物の服を投げ入れる。
起き上がったジャンヌ、それを広げる。
着替えようとして人の気配に振り向く。
牢の向こうで、四人の兵士達が彼女を粗野な笑みを浮かべて見ている。

ジャンヌ　向こうに行って。
兵士1　今なんて言った？
兵士2　こっちに来て。
兵士3　違うな。あたしをやってだ。
兵士4　そう言われちゃ仕方ねえなあ。

笑いながら牢に入ってくる兵士達。

ジャンヌ　何をしてるの。出てって。はやく！
兵士1　早くしてって。
兵士2　欲しくてたまらないのか。
ジャンヌ　こないで。
兵士3　仕方のないアマだ。
兵士4　そう慌てなさんな。

ジャンヌ抵抗するが、男達に捕まる。

ジャンヌ　なぜ、なぜこんなことを。ちゃんと罪を認めたのに！
兵士1　騒ぐな。騒ぐとお前もこうなるぞ。

と、女物の服を切り裂く。

兵士2　あーあ。服が着られなくなったじゃねえか。
兵士3　仕方ねえ。裸でいるか。
兵士4　それがいい。男物の服は着ちゃいけねえからなあ。

と、ジャンヌの服を脱がそうとする兵士達。ジャンヌの袖が破れる。

ジャンヌ　やめて、お願い、やめて！

ジャンヌを抱き寄せようとする兵士1。
と、その動きが止まる。
彼の腹に剣が突き立っている。
兵士1倒れる。その後ろで剣を構えているケヴィン。彼の仕業だった。

ケヴィン　このゲスどもが!!

怒りの剣が兵士達を襲う。
不意をつかれて斬り殺される兵士達。

ジャンヌ　……ケヴィン。
ケヴィン　間に合ってよかった。
ジャンヌ　でも、どうして。
ケヴィン　ヨランド様がお前を助けろと。
ジャンヌ　ヨランド様がそんなことを。

ケヴィン　グズグズしてると人が来る。さ、行こう。

と、彼の前に立つ幻想の少年。
もちろんジャンヌにしか見えない。

ジャンヌ　あなたは……。また、来てくれたの。

と、少年、ケヴィンの懐から手紙を抜き取る。
ポトリと床に落ちる手紙。

ジャンヌ　それは。
ケヴィン　あ。……それはヨランド様が、お前にと。
ジャンヌ　私に？
ケヴィン　読むのは後でいいだろう。今はここを抜け出そう。

が、ジャンヌ、封を開ける。

ケヴィン　おい、ジャンヌ。
ジャンヌ　（中の手紙を読み出す）シャルル様からだわ。

ケヴィン　陛下が。

懸命に読むジャンヌ。

ケヴィン　文字が読めるようになったのか。
ジャンヌ　（読みながらうなずく）

読み終わると、困惑するジャンヌ。

ジャンヌ　なぜ。なぜ陛下はこんなことを。
ケヴィン　何が書いてあった。
ジャンヌ　二度と宮廷に戻るな。志《こころざし》も使命も捨てて、もとの羊飼いの娘として生きろと。なぜ今更、そんなことを⁉

混乱するジャンヌ。

ケヴィン　静かにしろ、ジャンヌ。城の連中に気づかれる。
ジャンヌ　教えて、ケヴィン。陛下は私を見捨てたの⁉
ケヴィン　違う。

ジャンヌ　私を畏れているの？　あまりにも多くの人が死にすぎたから！
ケヴィン　違う。
ジャンヌ　だったら、なぜ、私を放り出すの。なぜ宮廷に戻ってはいけないの⁉　わからない！
ケヴィン　静かに、ジャンヌ！

肩を押さえるが、混乱して暴れるジャンヌ。抑えようと必死になるケヴィン。

ケヴィン　静かに。頼むから静かにしろ！　陛下がお前を見捨てるわけがない。彼はお前の兄上なんだから！

ピタリと動きが止まるジャンヌ。

ジャンヌ　兄上？　陛下が？
ケヴィン　いや、それは……。
ジャンヌ　あ……。

ジャンヌの頭の中で、閃くものがある。
幻影の少年を見ると、物言いたげにゆっくり彼の方に近づくジャンヌ。
少年の前で跪き、彼を抱きしめるジャンヌ。

背後にシャルル王の幻影が浮かび上がる。

ジャンヌ　……にいさん。

少年、ジャンヌをやさしく抱きしめる。

ジャンヌ　……あなただったのね、にいさん。

ジャンヌの髪をなでる少年。
そのあと、穏やかに彼女から離れる。

ジャンヌ　ずっと、どこかであった気がしてた。でも、やっと思い出した。

少年、ジャンヌに一本の花を差し出す。

ジャンヌ　あの時も、こうやって黙って花を差し出してくれた。たったそれだけだったけど、あれはあなただったのね。シャルル陛下。

少年、うなずく。

シャルルの幻影がその姿を優しく見つめている。

ジャンヌ　……ねえ、ケヴィン、教えて。私の母は誰なのですか。
ケヴィン　……イザボー様だ。
ジャンヌ　父親は。
ケヴィン　……わからない、俺には。
ジャンヌ　私はドムレミ村で羊飼いの娘として育てられた。頼もしいとうさんと優しいかあさんと。でも、二人は本当は……。
ケヴィン　……。
ジャンヌ　……でも、これで、やっとわかった。

ジャンヌに向かい一条の光がさす。その光に顔を向けるジャンヌ。
シャルルの姿がゆっくりと消えてゆく。

ジャンヌ　神よ、あなたの沈黙は、私の内なる声を気づかせるためだったのですか……。
ケヴィン　ジャンヌ、今はここを逃げだそう。
ジャンヌ　……ありがとう、ケヴィン。ここまで私を助けにきてくれた。そのことは、決して忘れない。――でも、私は逃げない。
ケヴィン　ジャンヌ。

ジャンヌ　私のために多くの命が散った。今もまた。（と、倒れている兵士達を指す）
ケヴィン　それは……。
ジャンヌ　あなたを責めているわけじゃないの。私が、私の使命のために、多くの犠牲を強いることになった。自分で選んだその道から逃げることは、私にはできない。
ケヴィン　それじゃあ、火あぶりになってしまうぞ。
ジャンヌ　わかっています。
ケヴィン　……。
ジャンヌ　この手紙、感謝していたと陛下に伝えて。そして、私は私の意志で天に召されることも。
ケヴィン　でも……。
ジャンヌ　ケヴィン、あなたは逃げて。
ケヴィン　一人ではだめだ。俺はお前を連れて行く。
ジャンヌ　だめ。あなたは生きて戻って、陛下達に私の言葉を伝えて。お願い。

と、朝日がさしてくる。

ジャンヌ　夜が明ける。看守がやってくるわ。はやく。
ケヴィン　……。

と、微かに兵士の声と物音が聞こえる。

ケヴィン、ジャンヌの決意を翻せないと悟る。仕方なく、牢を出る。

ジャンヌ　ケヴィン、今までありがとう。

その言葉を背に駆け去るケヴィン。

ジャンヌ　（少年に）あなたも、ね。もう大丈夫だから。

少年も消え去る。
死んでいる兵士達に、十字を切って祈ると、落ちていた兵士の剣を拾う。
深呼吸をして気持ちを整えると、外に向かって声を張るジャンヌ。

ジャンヌ　誰か、誰かいる⁉　コーション司教を。司教をここに呼んできて！

その声に応じて、現れるコーションとベッドフォード、タルボット。
殺されている兵士達を片付けている看守達。

コーション　これは……。
ジャンヌ　私を襲おうと、牢に忍び込んできたのです。

と、タルボットに剣を向ける。身構えるタルボット。が、すぐにジャンヌは剣の向きを変え、柄をタルボットに差し出す。
タルボット、忌々しげに剣を受け取る。

コーション　しかし、お前はまだ男の服を着ている。約束は破られた。お前は戻り異端だ。再び異端に戻った者に救いの道はない。お前は死刑だ。
ジャンヌ　それが狙いだったのですね。
ベッドフォード　よせ、コーション。約束よりも先に破られたのはドレスの方だ。
コーション　殿下。
ベッドフォード　名誉あるイングランドが、こんな言いがかりをつけてはみっともないだろう。すぐに新しいドレスを用意させる。牢屋も約束通り教会に移そう。
コーション　殿下、それでは……。
ベッドフォード　コーション、もういい。これがお前の策か。くだらん。実に下らん。
コーション　……。
コーションを睨み付けるベッドフォード。
ベッドフォード　私はどうかしていた。こんな小娘一人を生かすか殺すかにいつまでもこだわっていては、笑われるのは我々だ。フランスが欲しいなら、全力でシャルルを潰す。それだけのことだ。
ジャンヌ　フランスは、シャルル陛下はあなたには負けません。
ベッドフォード　お前と議論する気はない。女の服を着て教会で懺悔したまえ。それが望みだろう。
ジャンヌ　いいえ。ドレスは必要ありません。牢を変わる必要もない。
ベッドフォード　なに。
ジャンヌ　私が聞いたあの声は神のもの。私はその声に導かれて、フランスを救おうとした。それは間違いのない事実です。私を戻り異端と呼びたいならば呼ぶがいい。もう、自分の信念も信仰もごまかさない。それを火あぶりにするというのなら、喜んでうけましょう。嘘をついて、やがて地獄の業火に焼かれるよりは、よほど幸せです。
コーション　ふざけるな。お前が天国に召されるわけがない。
ジャンヌ　だったら、あなたがいう天国は、神が示す天国とは別の物なのでしょう。さあ、連れて行って下さい、火刑台に。
ベッドフォード　……気持ちは変わらないのだな。
ジャンヌ　はい。
ベッドフォード　……タルボット。火あぶりの準備だ。
タルボット　は。
タルボット、立ち去る。

ジャンヌ　……十字架をいただけますか。

ベッドフォード、自分が持っていた十字架を差し出す。

ベッドフォード　……そなたがイングランドの旗を振ってくれていれば、よかったのだがな。

ジャンヌ、黙って十字架を受け取る。
彼女の後ろから朝日が射す。
その光の中に消えていくジャンヌ。

×　　×　　×

シャルルの宮廷。
第一景冒頭のシーンの続きになる。
佇んでいるシャルル。そしてヨランドとマリー。
ジャンヌの最期を語っているケヴィン。

ケヴィン　申し訳ありません。彼女を救うことができなかったのは俺のせいです。余計なことを言った上に、何もできなかった。

シャルル　なぜだ、なぜ彼女を連れて逃げなかった！

シャルル、ケヴィンに摑みかかる。

シャルル　私は逃げろといったんだ。自由になれと。私が出来ないことすべてを、せめて彼女にかなえて欲しかったんだ。それなのに、なぜ！　なぜ彼女が死ぬ！

といいながらケヴィンの胸ぐらを摑み持ち上げ、床に彼を叩き付ける。
ケヴィンも抵抗しない。

シャルル　貴様だ、全部貴様のせいだ、ケヴィン!!

激昂するシャルル。
ケヴィンに殴りかかろうとする。

ヨランド　陛下！
マリー　おやめください、陛下。

とめるマリーも振り払うシャルル。
その時、幻影の少年が現れ、シャルルとケヴィンの間に立つ。

じっとシャルルを見つめる幻影の少年。
シャルル、その視線に我に返る。

シャルル　……。（握っていた拳を下げる）この期に及んで、私は何をやっている。
ケヴィン　……陛下。
シャルル　……すまなかった、ケヴィン。

ケヴィン、立ち上がる。

シャルル　……彼女は、自分の意志で死刑になる。そう言ったんだな。
ケヴィン　はい。
シャルル　彼女の最期のさまを聞かせてくれ。

と、彼方に火刑台に磔になったジャンヌが浮かび上がる。

ジャンヌ　神よ。もうなぜ私だったのかとは問いません。私は私の道を知った。
炎が彼女の身体を焦がす。だが、それは炎というよりも聖なる光に見える。

ジャンヌ　願わくば、このフランスの大地に穏やかな日々を。この地に平和を。そのために、この魂を捧げます。

意識を失うジャンヌ。光が全てを飲み込む。ジャンヌの姿は消える。

ケヴィン　……炎の中で、ジャンヌはとても美しい顔をしていました。戦場でも宮廷でも見たことがないような晴れ晴れとした顔を……。

その言葉に胸打たれるヨランドとマリー。そして、シャルル。

シャルル　そうか。――ラ・トレムイユ、ラ・トレムイユ卿はいるか！（と、顔を上げ声を上げる）

トレムイユが入ってくる。

トレムイユ　おお、国王陛下。ジャンヌがルーアンで火あぶりになったとか。まこと残念なことでしたな。ですが、これでいい。
シャルル　何がいいのだ。
トレムイユ　彼女は魔女として死なねばならない、それは陛下もおわかりだったはず。
シャルル　ああ、そうだ。彼女の貴い犠牲の上に、我が王位はある。だからこそ、私はその想いに報

トレムイユ　いねばならない。兵を出すぞ、トレムイユ。
シャルル　軍資金ならあるだろう、お前自身の金蔵に。
トレムイユ　そのお気持ちはわかります。ですが、いかんせん軍資金がない。
シャルル　何をおっしゃいます、陛下。
トレムイユ　これまでさんざん国費から上前をはねて、自分の資産にしていた金のことだ。あれを全部供出してもらう。
シャルル　そんなこと、許されるとお思いか。
トレムイユ　許される。お前だけではない。ほかの貴族達の資産も徴収するぞ。
シャルル　無茶な。
トレムイユ　ああ、無茶をする。でなければ、イングランドには勝てない。
シャルル　今さら何を。
トレムイユ　今さらではない、今からだ。フランスは滅びない。このシャルルが王である限り、滅ぼしてたまるものか。彼女が描いた明日を、この手で作る。それが私に示された道だ。そうだな、ジャンヌ。我が愛しき乙女、ジャンヌ・ダルクよ！

剣を抜くシャルル。
その立ち居振る舞い、表情、すべて生まれ変わったように凛としている。
呆気にとられているトレムイユ。
空を見上げるシャルル。ヨランド、マリー、ケヴィンも見上げる。

と、彼方に甲冑姿のジャンヌが立っている。その手に軍旗。
シャルルの未来を切り開くように、軍旗を構え道を指し示している。

――〈ジャンヌ・ダルク〉　完――

あとがき

まさか、自分がジャンヌ・ダルクの生涯を芝居にするとは思っていなかった。

こんなことなら、一昨年フランスに旅行に行った時、もっと真面目に取材旅行しておくんだった。ジャンヌが火あぶりになったルーアンの町にもちゃんと行ったのに。あろうことか、そこで誕生日まで迎えたというのに。いや、それはまあ関係ないけど。


今年の春、劇団☆新感線に『薔薇とサムライ』というなんちゃってヨーロッパを舞台にした芝居を書いた。

大泥棒石川五右衛門がイベリア半島に現れ、王家の血筋でありながら今は海賊をやっている美貌のヒロインとともに悪党どもの陰謀を叩き潰すという、荒唐無稽な冒険活劇だ。

一応、日本のサムライがイベリア半島にいたというのは、支倉常長率いる慶長遣欧使節団の中にスペインに住み着いた者達がいる、彼らはハポンという姓を名乗って現地に同化しているという元ネタはあるのだが、それはもう、ほんとにベースのベースといった感じでしか生かせなかった。

『ジャンヌ・ダルク』という芝居の依頼をいただいたのは、ちょうどこの『薔薇とサムライ』を書き上げた直後だった。

主演は堀北真希さんで演出は白井晃さん。

その白井さんが、僕を指名してくれたとのこと。

白井さんとは、それまでも何度もあって挨拶することはあったが、そこまでじっくりと話をしたことはない。でも『朧の森に棲む鬼』を観て、今回、ジャンヌ・ダルクを舞台化する時の脚本家として僕がいいと思っていただいたようだ。

しかも、原案に作家の佐藤賢一さんがつくという。

佐藤さんは『王妃の離婚』で直木賞をとった、中世ヨーロッパを舞台にした歴史小説に関しては第一人者と言っても過言ではない方。

先に挙げた日本のサムライがスペインにいたという史実を元にした『ジャガーになった男』という小説でデビューされている。

『薔薇とサムライ』を書く時に、随分彼の作品も読ませてもらった。

それやこれやで、「ああ。この仕事は縁だな」と思った。これはもう引き受けなければ仕方がない。そういう風な巡り合わせになる仕事もあるのだ。

日本の歴史に関してはこれまで書いてきた作品もあり、少しは知識の蓄積もある。

だが、ヨーロッパに関しては皆無に近い。

佐藤さんの原案をいただくと同時に、大あわてで資料を読んだ。

でも、資料を調べれば調べるほど、この時代のヨーロッパの事実関係の複雑さ、人間関係のドロドロさには驚かされた。

ジャンヌ・ダルクの活躍をきっかけにして百年戦争が終結したというと簡単だが、じゃあ、百年戦争って何よ、その当時のフランスとイギリスの関係ってどうよと説明しだすときりがない。当時のシャルル七世の立場の不安定さの原因だから、まったく触れないわけにはいかないが、かといってそこを丁寧に説明し出すと、とても二時間半の舞台にはおさまらない。

改めて佐藤賢一さんの博識ぶりに感服した。彼に作ってもらった原案を道しるべにして、なんとか自分なりに舞台劇としての『ジャンヌ・ダルク』は作り上げたつもりだが、どうだろうか。


いつも歴史を見る視点をひっくり返した稗史という形で作品を作っているので、今回のように歴史上の人物を真っ向から書いた経験は初めてだ。

難しかったとはいえ、新鮮でもあった。

でも、ことジャンヌ・ダルクに関しても、その周辺にはまだまだ怪しい人物達もいる。機会があれば稗史としてのジャンヌ伝説も書いてみたいと懲りもせずに思うから、物書きの性《さが》というのはつくづく強欲なものだとも思う。

二〇一〇年一〇月

中島　かずき

上演記録
「ジャンヌ・ダルク」

【出演】

ジャンヌ・ダルク　堀北真希

傭兵ケヴィン　石黒英雄
ベッドフォード公　山口馬木也

マリー・ダンジョー　柴本　幸
アランソン公　塩谷　瞬
幻影の少年　高杉真宙
クルパン　青木　健

タルボット　上杉祥三
ラ・イール　春海四方

傭兵レイモン　田山涼成
コーション司教　六平直政

ヨランド・ダラゴン　浅野温子

ラ・トレムイユ卿　西岡徳馬

シャルル7世　　伊藤英明

＊＊＊＊＊＊＊＊＊＊＊＊

サントライユ　池下重大

＊　＊　＊

兵士　幸村吉也
福永吉洋
進藤ひろし
松上順也
角田明彦
水谷悟
稲葉俊一
早川友博
菅原功人
栗田哲也

【スタッフ】
演　出　白井 晃
脚　本　中島かずき（劇団☆新感線）
音　楽　三宅 純
原案・監修　佐藤賢一
美　術　松井るみ
照　明　小川幾雄
音　響　井上正弘
衣　装　太田雅公
ヘアメイク　川端富生
舞台監督　田中直樹
技術監督　大平久美
演出助手　豊田めぐみ
制　作　笠原健一（ハウフルス）、滝口久美、松村安奈、中山梨紗
企画製作　ＴＢＳ（熊谷信也、松村恵二、高木理恵子、青木伸介）

宣伝美術　近藤一弥
宣伝写真　澁谷征司
宣伝スタイリング　島田まふみ
宣伝ヘアメイク　ＳＡＫＵＲＡ〈アルール〉（堀北真希）、川端富生
宣伝映像　十川利春

【東京公演】
２０１０年11月30日（火）～12月19日（日）

赤坂ＡＣＴシアター
主催　ＴＢＳ／キョードー東京／イープラス／朝日新聞社／ＴＢＳラジオ

【大阪公演】
２０１０年12月24日（金）～28日（火）
梅田芸術劇場メインホール
主催　関西テレビ放送／キョードー大阪

中島かずき（なかしま・かずき）
1959年、福岡県生まれ。舞台の脚本を中心に活動。85年4月『炎のハイパーステップ』より座付作家として「劇団☆新感線」に参加。以来、『スサノオ』『髑髏城の七人』『阿修羅城の瞳』など、“いのうえ歌舞伎”と呼ばれる物語性を重視した脚本を多く生み出す。『アテルイ』で2002年朝日舞台芸術賞・秋元松代賞と第47回岸田國士戯曲賞を受賞。

K. Nakashima Selection Vol. 16
ジャンヌ・ダルク

2010年11月20日　初版第1刷印刷
2010年11月30日　初版第1刷発行

著　者　中島かずき
発行者　森 下 紀 夫
発行所　論　創　社
東京都千代田区神田神保町 2-23　北井ビル
電話 03（3264）5254　振替口座 00160-1-155266
印刷・製本　中央精版印刷
ISBN978-4-8460-0964-9　

Vol. 11—SHIROH

劇団☆新感線初のロック・ミュージカル，その原作戯曲．題材は天草四郎率いるキリシタン一揆，島原の乱．二人のSHIROHと三万七千人の宗徒達が藩の弾圧に立ち向かい，全滅するまでの一大悲劇を描く．　本体1800円

Vol. 12—荒神

蓬莱の海辺に流れ着いた壺には，人智を超えた魔力を持つ魔神のジンが閉じ込められていた．壺を拾った兄妹は，壺の封印を解く代わりに，ジンに望みを叶えてもらおうとするが——．　本体1600円

Vol. 13—朧の森に棲む鬼

森の魔物《オボロ》の声が，その男の運命を変えた．ライは三人のオボロたちに導かれ，赤い舌が生み出す言葉とオボロにもらった剣によって，「俺が，俺に殺される時」まで王への道を突き進む!!　本体1800円

Vol. 14—五右衛門ロック

濱の真砂は尽きるとも，世に盗人の種は尽きまじ．石川五右衛門が日本を越えて海の向こうで暴れまくる．神秘の宝〈月生石〉をめぐる，謎あり恋ありのスペクタクル冒険活劇がいま幕をあける!!　本体1800円

Vol. 15—蛮幽鬼

復讐の鬼となった男がもくろんだ結末とは……．謀略に陥り，何もかも失って監獄島へと幽閉された男．そこである男と出会ったとき，新たな運命は動き出した．壮大な陰謀の中で繰り広げられる復讐劇！　本体1800円